在文学中成长

中国当代教育文学精选

主编：高长梅 王培静

一床明月
半床书

凉月满天 著

花山文艺出版社

图书在版编目(CIP)数据

一床明月半床书 / 凉月满天著.—石家庄: 花山文艺出版社, 2013.12(2021.5 重印)

(读·品·悟: 在文学中成长·中国当代教育文学精选 / 高长梅, 王培静主编)

ISBN 978-7-5511-1518-6

Ⅰ.①—… Ⅱ.①凉… Ⅲ.①小小说 – 小说集 – 中国 – 当代 Ⅳ.①I247.8

中国版本图书馆 CIP 数据核字(2013)第 259038 号

丛 书 名:在文学中成长·中国当代教育文学精选
主　　编:高长梅　王培静
书　　名:**一床明月半床书**
作　　者:凉月满天

策　　划:张采鑫
责任编辑:郝卫国
责任校对:齐　欣
特约编辑:李文生
全案设计:北京九洲鼎图书有限公司
出版发行:花山文艺出版社(邮政编码:050061)
　　　　　(河北省石家庄市友谊北大街 330 号)

销售热线:0311-88643221
传　　真:0311-88643234
印　　刷:永清县晔盛亚胶印有限公司
经　　销:新华书店
开　　本:710×1000　1/16
字　　数:125 千字
印　　张:10
版　　次:2014 年 1 月第 1 版
　　　　　2021 年 5 月第 3 次印刷
书　　号:ISBN 978-7-5511-1518-6
定　　价:39.80 元

CONTENTS

目录

第一辑　先搬山，后摘花

第二辑　华丽缘

第四辑　寒来千树薄

CONTENTS

目 录

第五辑　花间约

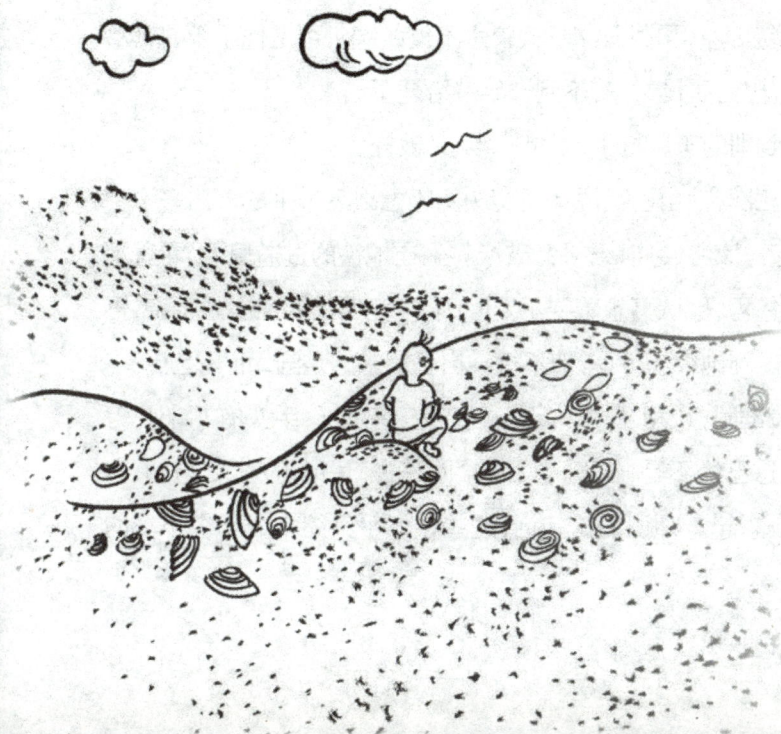

先搬山，后摘花

千万不要把点当成圆来看

　　25 年前,他还是一个 17 岁的少年,因为家中困难,跟着同乡到法国打工。临走前,他终于鼓起勇气,给他暗恋好久的美丽的语文老师写了一封信,向她倾诉自己的感情和对未知的前路的迷惘。老师的回信里不但有善意的安慰和鼓励,还有饱含哲理的一句话:"千万不要把点当成圆来看。"

　　这句话被他当作一生的信条。

　　好几年的时间,他没有见过巴黎的太阳,最开始只是每天坐在亲戚开的灰暗的皮包工厂,和剪刀、绳子、胶水不停纠缠。可是他手笨,脚软,踩不动裁缝机,出活质量又差,不到一年就给赶了出来。

　　不得已跑到别的工厂打工,不足一年,又被赶。

　　如是三番五次,他自己都说不清楚头两年怎么熬过来的。后来看中一处店铺,开起一家服装店,结果又破产。坐在地铁的过道里面,看着那些弹唱讨钱的乞丐,他认真想着要不要回国,毕竟自己的家山亲水亲,再怎样也会吃上一碗饱饭。可是,他不肯。自己追求的是圆,而不是点。

　　然后,他看准时机,租了一个工厂,生意慢慢发展,手头有了十几万法郎的积蓄。这已经不是一个小数目,拿回家去,可以盖房、娶媳妇、奔小康。但是,一想起老师说的这句话,这些钱似乎又缩小成一个小小的黑点,而自己的目标,还是一个在什么地方大大招摇着的圆。

工夫不负有心人,他的生意越做越大,每天数钱数到手软,还娶了一个浪漫美丽的法国姑娘。这下他更明白了老师的那句临别赠言。果然,无论感情还是事业,都不要限制在一点,真正的生活,很宽广啊!

国内国外的商海闯荡 20 多年,他已经拥有了自己的工厂、公司和楼盘。可是渐渐的,烦恼来了。抢别人生意和被别人抢生意,欠别人钱和被别人欠钱,一顿饭要接几十个电话,人事纠葛让人头大。空前的迷惘和烦乱让他无所适从,于是,就站在惠寂禅师面前。40 多岁,狮子鼻,面瓜脸,笑起来鼻子一动一动,脸上全是笑纹儿,眼睛里却没有笑模样。手里捏着一封皱皱巴巴的信,旧得很,字迹模糊不清,信尾有一句话:"千万不要把点当成圆来看。"

"禅师,我该怎么办?"

禅师抬头想想,低头笑笑,取来一张纸,用墨尖点了一个小小的点,然后又开始在上面一圈一圈地涂抹,让它变得更黑、更大、更圆,然后放到这个人的鼻子跟前:"大不大?"

"大。"

"好,你退后。"

那人退后一步。

"现在呢?"

"……小一点。"

"再退,一直退,退到照墙那边。"

"大不大?"禅师对远远的照墙边上小小的人影喊过去。

"看不见了!"对方又喊回来。

"这个圆,就是你现在的生活。它放在你眼前的时候,你觉得它很大很大,大到占满全世界。可是,当你放开,把距离拉远,就会发现,它只不过还是一个点。一个涂得再黑再大的圆,放在太阳底下,蓝天底下,也只

不过一个小小的点，甚至连看都看不见。既是如此，还有什么执念？少接两个电话不会死，少做两单生意也不会死。所以，你只理解了这句赠言的前一半，却没有理解它的后一半。当你把这个圆画到足够大的时候，要学会及时收手，回头是岸——你真正的生活不在这个'点'上，在外面。"

"外面……什么样儿啊？"

"回去吧。自己试试看。"

原来所谓的"一花一世界，一叶一天堂"，不是让你对着一朵花一片草死盯猛看，而是把眼界放宽，走出自己的小圈圈，直到以往没有注意到的美好，排着队向你姗姗走来。

先搬山，后摘花

大约 20 年前，我在一所乡下中学教书。

有两个学生给我印象很深刻。

一个男生。黑瘦的瓦刀脸，小平头，不爱说话，看起来笨笨的。别的男孩子都像一团风，被生命力鼓荡得一会儿呼啸到这儿，一会儿呼啸到那儿，就他，走在路上，蚂蚁都不会碾碎一只。不是说慢，而是说走路都能细致出花儿来。一根柳树枝挡在他的眼前，换别人早一把掀得远远的，他不，轻轻拈起来，放到身后，一片柳叶、一茎柳毛都不会伤到——我初见这副景象，都看呆了，当即决定把副班长的位置交给他坐。一个班的副班长，事无巨细，都要求两个字：妥帖。这孩子别的本事我不敢说，这点绝对错不了。

事实证明，他也确实干得有声有色，因为他永远都是把工作战战兢兢地捧在手心里的，就像捧着枚脆薄的鸟蛋似的，生怕用劲儿大了，磕了，用劲儿错了，摔了。

一个女生。长圆的一张白面，细长的丹凤眼，长得很是漂亮。人缘也好，好像一块温暖的鸡蛋饼，谁见了都觉得是好的、香的、可口的。所以她总是很忙碌，今天和这几个人一起做作业，明天和那几个人一起跳皮筋，甚至还有为她"争风吃醋"的。

她平时没见多用功，课业居然也不错，这就是天资的原因了。就有一点，干什么事吊儿郎当的，总能找到100条借口往后拖。

有一次，我给两个人同时布置任务：每个人给我交两篇作文，一篇写人的，一篇写景的，我要拿去代表学校参加省级学生作文竞赛。结果男生的作文很准时地交上来，用那种白报本，在页面上按3/5和2/5的分界画了一道竖线，左边是他的作文，右边是空白，随时备我批注。很干净，很漂亮。

而最后时限都过去两天了，女生才把作文交到我手上，是那种潦潦草草的急就章，上顶天下立地，跟下斜雨似的，别说我批改了，遍纸泥泞，连下脚的地方都没有。我的脸黑了：这几天干吗了？ 她就红了脸笑：她们找我玩……我无力地挥挥手，打发她走。人生一世，长长的几十年，人际关系像既长且乱的海藻，准有把你拖缠得拔不出腿、脱不开身的一天，你的生命中，有多少天够这么挥霍的？

20年后。今天。

一群学生来看我，那个男生也来了，他已经是一所市重点学校年轻有为的副校长，沉稳细致的作风一直没变，只是风度俨然，男人味像好

檀香,被岁月一丝一缕都蒸出来了。女生没来,她本是一所名不见经传的普通学校的普通老师,而且刚刚被"踢"到一所更边远的学校去,正忙着搬家呢。我问:"以她的灵性,教学成绩不会差呀,怎至于到这地步呢?"同学们说:"哪儿呀。她整天晃晃悠悠的,也不正儿八经地干工作,连着 3 年学生成绩都是年级倒数第一的。"

我没话说了。

"晃晃悠悠",真精确。

通常,我们都不大看得起那种生活态度过于郑重其事的人,觉得他们笨,捧枚蛋像捧座山,透着一股子憨蠢;最羡慕那种做人做事潇潇洒洒的,好比白衣胜雪的浪子游侠笑傲江湖,浪漫、诗意。可是,所谓的潇潇洒洒,放在现实生活中,可不就是"晃晃悠悠",凡事都不放在心上,凡事都觉得稳握胜券,就是一座山,也可以用一根小尾指轻轻勾起,抢出八丈远……

哪有那么便宜的事。

人的力气是随练随长的,假如一直举轻若重,到最后说不定真能举起一座昆仑;若是一直举重若轻,到最后,恐怕举一根鹅毛都得使出吃奶的力气。这既是不同人的两种不同态度,前一种人赢定了,后一种人必死无疑;又是同一个人的两个阶段:只有第一个阶段举轻若重,才轮得到第二个阶段谈笑间对手帆坠橹折;若是这两个阶段倒过来,"晃晃悠悠"、举重若轻的坏习惯则如泥草木屑,越积越厚,变成石头,砸肿自己的脚面。

生命促迫,不可回头,举重若轻者,搬山如摘花;举轻若重者,摘花如搬山。年轻的朋友,无论课业还是做事,都请千万要存一颗郑重的心,先学会用搬山的手势,摘取眼前的花朵。

让自己的方法变成对的方法

有一个鲁莽的小青年，他的运气总是格外好。连他的哥哥都大声抱怨："弟弟总是运气好。"他的父亲则说："是弟弟自己造成他自己的好运的。"

他上高一的时候，非常喜欢参加课外活动，而且还严重偏科。险险进入大学，3个学期后又被退学了。他在替一家刚刚开播的调频电台免费主持一些节目的过程中已经积攒了一些经验，就冲着这一点，他就大踏步走进一家老资格的广播电台的总经理办公室，直通通告诉人家，该雇用他。

总经理叫赖瑞，他把头一仰，呵呵地笑："告诉我为什么。"

他毫不犹豫地说："因为我比别人播得好。"

总经理看着他，脸上始终挂着笑容，说："你有种。"

他拿不准这是在夸他还是骂他，这时候总经理又发话了："今晚8点，我让晚上的播音员告诉你怎么播，然后你9点整上节目。我会听。九点半之前我没打电话给你，你就给我滚出去。"

"很公道。"年轻的男孩伸出手和总经理相握，然后又补充了一句："晚上我等你电话。"当他走出来后，差点把吃下去的饭吐出来。紧张死个人啊。

晚上 9 点,他拿起麦克风,半个小时就要过去了,就在他沮丧地收拾东西准备离开的时候,老板的电话来了:"你被雇用了。"

从此,他走上了他的电台播音主持之路。大约一年半之后,他又获得另一个更好的机会,得以从事更好的工作。不过他从没忘记这个叫赖瑞的老板,他没把他赶出去,反而给了他一次尝试的机会。

有时候他想,机会这种东西真奇妙。

看似是赖瑞在整件事上唱着主角,把持着他的命运走向,可是,当赖瑞在一个对的时间,对的地点,怀着对的心态面对着一个忐忑不安地闯进来的年轻人的时候,这个年轻人未始不是更大的主角,而赖瑞此时倒像一个站在舞台边侧,等待出场的配角,时间到了,他走上舞台,说了他的台词,做完他的动作,轻快下台,而年轻人的戏继续进行——只要他一直往下演,他就会遇到更多给他配戏的配角,有的扮演关键时刻伸手帮一把的正面角色,有的扮演落井下石或袖手旁观的反面角色。还有的,是路人甲,路人乙,扮演着和他擦肩而过的角色。整个宇宙,就是他一个人的广大舞台啊。

而开启人生经验的宝瓶,让自己的方法变成对的方法就是去做。几十年后,一家叫做耐克的著名品牌运动鞋公司把它当作了自己的企业理念,简化为三个字的标语:just do it !

事情就是这样奇妙。人生的每时每刻都是创造。向左走还是向右走,一念动即创造一个不一样的未来。而好运,通常就这么被自己给带来了。万不可迟疑再迟疑,思考再思考,到最后把激情和雄心消磨没了,啥事也没干成。再说了,你是主角,宇宙给你把舞台已经搭好,配角也已经准备好,随时准备为你走上台配戏。你抽身走了,或裹步不前,这出戏可怎么往下演呢?

生活在鲜花与掌声之外

又到过节，应酬宴饮，举杯频繁。这是一个无偿奉送鲜花和掌声的节日，每个人都收获了比平时多一倍的关注和称赞。所幸一年也不过数天的狂欢，不至于把人灌醉到不知东南西北，每个人都能及时醒过味儿来，找准自己的位置。

怕就怕一个人经年累月被鲜花与掌声包围，神智就会被这种东西催生出的热量烤坏。一直为庞秀玉可惜。当年对她火热的宣传造势到现在我还记得。她是少年神童，大师巴金写信鼓励她好好学习，很多地方请她签名售书、做演讲。在她访日期间，一位日本小朋友拉着她的衣襟说，长大后一定要来中国，向她学习读书、写作。没想到，若干年后再见到她，已经是一个让人伤心的仲永了。

都是鲜花和掌声惹的祸。怪只怪荣誉来得太快，太猛，把一个小孩子的心给"忽悠"乱了。心静不下来，学习怎么会好？一个没有足够积累的小姑娘，又有什么能力在文学之路上披荆斩棘，一路高歌向前？

这就是鲜花与掌声以外的真实生活。原来热闹而热烈的鲜花与掌声是最不负责任的。这些只不过是一场华丽而有毒的盛宴，一个飘飞着的五光十色的肥皂泡，当泡破梦醒，曲终人散，真实生活已经被破坏得千疮百孔，这个，谁来负责？

其实，根本就不必质问，也无法向任何人质问，每个人都是怀抱善意的，只是谁也没有想到，这种善意会转化成只能让一个人独自承担的苦涩命运罢了。说到底，生活只能由自己负责，而不能由献给自己鲜花和掌声的人来负责。

素有"吉他之神"美誉的英国摇滚巨星艾瑞克·克莱普顿，在 20 世纪 90 年代初凭着一曲经典作品——《泪洒天堂》，获得葛莱美奖——这是用他孩子的生命换来的荣耀。艾瑞克 5 岁的孩子因保姆的疏忽，不小心坠楼，年幼的生命惨遭摧折。这位受世界音乐人尊崇艳羡的"吉他之神"，拥有了全世界的掌声，却保不住他挚爱的孩子。

这就是生活的真相，再多的鲜花和掌声，也无法让一个哀痛的父亲怀抱活蹦乱跳的孩子，抵达刻骨铭心的幸福彼岸。真正的生活永远在鲜花与掌声之外，而鲜花与掌声，只不过是站在自己的生活外围的一个冷漠的看客，甚至刻薄地说，鲜花与掌声，是围着餐布，抢着刀叉，准备随时把自己分而食之的。当它把你吃光啃净，马上转向下一个目标，根本不管你的生活怎么被它搅扰得乱七八糟。

说到底，鲜花掌声之于生活，只不过犹如松之有风，月之有影罢了。风既非松之专有，影也不是月亮贴身的保镖。《红楼梦》里的史湘云说"寒塘渡鹤影"，但是在这个豁达的女子心里，渡也就渡了，不会让鹤影就此留在塘心的。就像现在，节也过了，烟花爆竹在半空炸开了，它那梅红喜庆的碎屑落了一身，也须拂之可也，并不需要把它像披红挂彩一样披在身上，琼林宴饮，跨马游街。

但是，鲜花是香的、美的，掌声是响的、亮的，赞美如美酒，如醇醪，谁不愿意痛饮求饱呢？有梦的，继续做梦吧，尽可以梦见自己站在舞台中央，强烈的聚光灯打在自己身上，鲜花如海，掌声如潮。只是莫忘给自己提醒：真正的生活永远在鲜花与掌声之外，痛痒之处，独自承当。

冬　　心

我大概是从 13 岁开始练字的。

硬笔书法。

当然没有这么好听的名字，还书法？就是写钢笔字。

也没有现在的碳素笔，就是那种带金属的钢笔头，有一个橡胶管做的肚子，头冲下插到墨水瓶里吸墨水，吸饱了在纸上写字。黑的蓝的红的墨水都有，还有一种最常用的，叫蓝黑墨水。20 世纪六七十年代的人没有谁不记得，一个玻璃的扁瓶子，贴着白纸深蓝字的商标纸，上面写着"蓝黑墨水"。

我写钢笔字的启蒙老师很没有名气。就是我们学校的一个代课老师。18 岁。

白白的，有小虎牙，喜欢穿球衣，打篮球。他的裤子外侧有一段裤线开了，他就用订书机给钉了一排订书钉上去。

现在想想就是一个平常的男孩子，当时怎么就那么待见他！

一到休息日别人都欢喜，我愁得要死，因为又要有一天看不见他了。一日不见，隔三秋兮。

那个时代没有现在的打印机，老师用钢做的笔在涂满了特殊药水的纸上面写字，蓝底白字，再后把这纸贴到一个滚子上面，再蘸上油墨往一

张白纸上从上到下或者从下到上，那么一推——一张复习纸或是试卷纸就出来了。

我拿到油印的英语复习题，回到家，摆上小炕桌，从书包里掏出来，第一件事，不是做题——做题是太简单的事，自从他开始教我们英语，我初一就把初三的都学完了！所以，就是拿一张白纸覆盖在试卷纸上面，一笔一画，把他的字临摹下来。他的字有点偏向左斜，右钩的弯角尤其向左斜得厉害，有点春天里，风一吹，下斜雨。

现在他的字还如在目前。我现在十来年未摸过笔，只用键盘打字，若是拿起硬笔来写字，和他当时的字比一比，恐怕是一个马里亚纳大海沟和一条小河沟的距离。

我就是这么开始了练字。

因为对人有了偏爱，所以对他的字也有了偏爱。就是觉得他的字这样美，和他的人一样帅。

所以说，什么叫好字，虽然现在很多书法家都大有名气，要是我见之心不喜，也不叫好字。字也要讲缘分，就像每当张大千生日，台静农先生总画一小幅梅花送他，张大千很高兴，说："你的梅花好啊。"最后的一次生日，台先生画了一幅繁枝，求简不得，多打了圈圈，张大千竟说："这是冬心啊。"

这就叫偏爱。

人的心脏本来就偏在左心室，有偏爱极其正常与有道理。

自然，有了偏爱，就会有偏恨，偏厌。估计苏东坡和王安石就是偏厌，法海和白素贞也是偏厌，所以苏东坡被拗相公王安石整得很惨，法海又把美女蛇整得很惨。

一个朋友就讲，有一个人，他就是左看右看不顺心，那个人做什么他都觉得不顺心。我也有此种体验，读大学的时候，有一个同学，他做什么我都不喜欢，说什么我都觉得不可爱。当时不晓得什么原理，现在也不明白。若是迷信的人，大概会归咎到前世冤愆上面去。不过现在年龄大起来，这种偏厌就消解了，觉得他做什么也还好，都在可接受的范围之内。

年少时偏爱会爱得激烈，偏厌偏憎也会厌憎得激烈，激烈到爱了就要生生死死，厌了憎了就恨不得一脚踢飞。好在也没有把人真的踢飞。

及至年长，也不是没有偏厌偏憎的人，恨不得推他们落井，可是也说到底没有推下井去。

说到底，做人只求心安，做事只求公允，不讲诛心，讲诛心则人人可得而诛之。若能待人人以冬心自然是好，若是不能，总还请恺撒的归恺撒，让魔鬼的归魔鬼。

种瓜不为得瓜，为的是看花

39岁的博比，原是法国妇女周刊《她》的主编，事业做得风生水起，生活过得有滋有味。却因为一根血管破裂，搞得肢体和器官都不能动弹，变成一个"活死人"。要命的是，虽然被囚三尺病榻，智力却完好无损。一个人变成一只茧，僵硬的壳封住一颗勃勃跳动的心。看得见，说不出来，听得懂，表达不出来，全身能动的就只剩一个左眼皮，除了能睁能合，它还能干什么？

可是一位女语言医生无意间发现他有交流的渴望，便尝试着在他眼

前举起字母牌，他就用左眼皮的眨动，一个字母一个字母地遴选，一个词语一个词语地拼凑，就这样，居然一行一行地"写"起书来。最后，自传体的长篇小说《潜水铜人与蝴蝶》问世。铜人被幽暗的水体关锁，不能说话，却有着精铜般的意志，而在铜人的一层坚硬甲壳里，藏着的是思想那轻盈起舞的蝴蝶。

一书完成，博比安静去世，没有一丝遗憾。他凭着左眼唯一会动的睫毛"眨"出来的文字，完成了自己最后的人生传奇。我相信，他在千千万万次眨动左眼的时候，并没想着让全世界都知道博比是谁，他只不过想要"说话"而已，这是他辛劳而最感惬意的生命方式——必须如此，不得不如此。

一部《红楼梦》，那也是曹雪芹经营出来的一亩三分自留地，他何曾想着要流传后世？举家食粥也罢，赊酒来喝也罢，穷、苦、疲、弊、艰辛、操劳，这些都罢，那种有关"披阅十载，增删五次"的辛苦写作的表达，其实从很大程度上是写给别人看的。一边冲别人叫苦，一边偷偷藏起一种感觉，那就是他从写作中得到的深沉的，足够躲避尘世的，抵挡千军万马的叫嚣与冲击的愉悦。

一个乡土作家说过一句话："我迷恋生活的过程，于是常常在中途停下来四处看看，也随手捕捉一些风与影。我知道，只要我的手一松，它们就会烟消云散……"正因为怕它们烟消云散，世人才选择了各种各样的储存路径和表达方式，用手、用口、用纸、用笔、用眼、用心，唱歌、跳舞、演戏、写诗。一种方式就是一条路，条条道路都通向渺不可知的未来。

说起来，一个人走上一条路，既是他选择了路，也是路选择了他。前途荒荒，大风大雨，走到哪里不知道，有路无路也不知，反正就是要一步一步走下去。间或风停雨歇，花叶水迹犹湿，小鸟唱出明丽的曲子，这一时半会儿的心旷神怡，就权作了给自己半世辛劳的无上答谢，哪里会想得到遥远的后世。

世上事本就如此，就算你耕田、布种、施肥、浇水，晴天一身土，雨天一身泥，种出一只只西瓜肥头大耳，也挡不住虫咬鼠患，雪压风欺，一场雹子下来，就砸得藤断瓜碎，根本无法注定一个果实累累的结局。倒不如忙时且忙，闲时安坐田园，清茶一杯，看郁郁黄花，蝶舞蜂飞，自是人间一快。谁说种瓜就一定要得瓜？我种瓜，为的是看花。

钱是要紧的

我要算经济账。读了一本书，叫做《文化人的经济生活》，里面一笔笔详算经济账，算得我心痒痒。

根据书上所说，插上想象的翅膀，我把自己投放进 20 世纪 20 年代，老北京。换句话说，我"穿越"了。

20 年代初的时候，老北京的物价大抵是这样：大米一斤 3 分钱；白糖一斤 5 分钱，盐一斤 1 分或者 2 分，猪肉一斤一毛，花生大豆等植物油一斤 7 分钱；到了 20 年代中期，各样物价基本翻半。好比说猪肉涨到一斤一毛五，白糖涨到一斤一毛钱。

假如我爸是骆驼祥子，我妈是小福子，上面还有一个哥哥，我们一家没有生活在老舍笔下那个战乱年代，那样的话，生活还算过得去：爸爸拉洋车，妈妈糊火柴盒，一个月大概收入十一二块大洋，米面粮油一概不缺，哥哥和我都能背着花书包去上学，过年过节不光能吃上猪肉，说不定

还能给我们一人扯一身新衣裳。

那假如说我爸爸不是骆驼祥子,而是骆驼祥子给拉包月的那位曹先生呢？这个人有时候教点书,有时候做些别的事,但是就能或租或买一所小房,还能有一个小老妈子,一个拉包月车的车夫使唤。假如曹先生做的事更大一点,或是研究学问,或是在大学堂里教书,一个月能够收入二三百块钱,生活水平就更高了。一所小四合院,要租下来,每个月也只需花20块,一个小老妈包吃住,月工资也不过3块。若是没有包月的车夫,而是上街坐散座,一趟一毛钱也就可以了,可抵现在的招手停出租车;若是真的包了一个像骆驼祥子那样的车夫,一个月10块也就足够了。

没事的时候,我还可以跟着爸爸下下饭馆,看看文明戏,泡泡茶座,逛逛琉璃厂。

说到下饭馆,那豪华的大馆子不用说,一桌饭能顶穷人一个月的花费。平常的饭铺还算便宜实惠。两块钱一桌的便饭能吃不老少的好东西,比如熏肉、酱肉、香肠、松花蛋四冷盘,鱼香肉片、辣子鸡丁、炒牛肉丝、溜里脊四热盘,再有米粉肉、四喜丸子、红烧鱼块、扣肉四个碗;最后再上一个大硬菜,红烧肘子或白煮鸡。一桌十来个人吃得肚儿圆,一个人平均才花两毛钱。

当然,我爸要是骆驼祥子,这两毛钱也不舍得花,两斤猪肉钱哪！你看他汗珠子摔八瓣,拉着洋车跑遍全城,累得眼突筋短,牛吼马喘,才能挣来这两大毛钱。饿了买两张大烙饼,卷一根鸡腿葱,咔嚓咔嚓啃,也能吃一个嘴巴油光光。若是再奢侈一点,还可吃碗老豆腐,醋、酱油、花椒油、韭菜末,被热的雪白的豆腐一烫,味儿顶香。再多加两小勺辣椒油,一碗吃完,汗湿裤腰,寒冷和劳累全给轰跑。

而且,如果是骆驼祥子当我爸爸,那大学的学堂恐怕我是上不起了。北大的学生一年开支要180块现大洋。女孩子吃得少,如果看戏和吃喝玩乐也少一些,那一年120块也就够了。但是,即便是这样的压缩开支,穷爸爸又怎么负担得起呢？当然，如果我的学习成绩非常优异，能得全份助学金——一年160块现大洋，那就毫无问题了。贫家出赤子，大概就是这个道理，被逼出来的勤俭、节约、苦学和能干。

在现代，我也确实是有一个穷爸爸。其结果是我放弃了收费较高的其他院校，而选取了可得助学金的师专院校；而在系别的选择中，又放弃了必须要买录音机才能就读的外语系，而选择了只需一本书一支笔就能开张的中文系。那是20世纪八十年代末九十年代初，一个月20块的助学金我花不完，剩的饭票全都买成肉包子带回去孝敬我奶奶。

读高中的时候更清苦，2分钱一份稀米粥，5分钱一份凉拌圆白菜，我的菜盆小，有一次大师傅给舀的菜比较满，盛不下，我又不舍得让他把菜倒回去，就让他给我倒进粥盆里面，当菜粥喝了。

当然，如果有一个富爸爸做后盾，比方说曹爸爸，那读书就不是问题。我可以穿着蓝布大褂穿行在北大校园，饿了去下小饭馆，花十几个铜子叫一个素菜，若是肯花一毛钱，就能吃一个回锅肉。就是吃最便宜的老豆腐炒白菜，那个年代的伙计有修养，也不会在送菜的时候附赠我俩白眼仁。

很奇怪，当我这样想的时候，就好像真的在那个旧的年代活过一回来，且深刻体味到鲁迅先生的那句至理名言："钱是要紧的。"

比钱还要紧的

打仗的时候，老百姓的日子就不好过了。

假如我生在 1937 年以后的那段时间里，我的日子也就不好过了。

假如我是一个老师，教小学。在四川这个大后方，不必炮火连天也够惨。

设若我所供职的是一所高小，且这所高小经费充足，那我一个月可获工资大洋券 20~36 元。若是我所供职的小学偏远穷困，经费艰窘，那我一月所挣，尚不足 10 元。烟、油、茶、炭，自己买；笔、墨、纸张，自己买；置装、零用、饭米，自己买；红白喜事凑份子，乡亲求告要接济，朋友来要招待，有病要治病……

抗战前斗米不过一元钱，抗战后一路飞升到了 4 块半，哪怕天天喝稀饭，一月也要花费 9 元钱，此外还有柴、油、菜、盐，这些一日不可或缺的生存必需品，价钱打着跟头地往上翻。这一点钱一个人的生活尚且顾不周全，当小学教员的，千辛万苦考出来，大多出身贫苦（有钱人家的子弟自然有更好的出路），哪一个身后没有父母弟妹妻子儿女一大票人嗷嗷待哺，若再加上学校无良欠薪，就更无活路。

没办法，只好由吃白米饭，转为吃糙米饭，由吃干米饭，转为喝稀饭，由吃干粮，转为吃番薯，由三顿饭，改为两顿，大家的腰带，都不约而同地勒得紧而又紧,紧而又紧。

现在物产丰美,衣食无忧,"家徒四壁"和"喝西北风"渐渐退化成纸上的一片残影,可是在当时,这却都是真的!"万物都涨价,小学教员和地瓜没涨价",说的就是当时的实情,说不定地瓜都涨价,就小学教员没涨价呢!那没出息的小学教员啊,养不活自己,还得从家里拿地瓜。

别说是小学教员,就是大学教授,也难逃生活清苦。

好比说西南联大的教授们,抗战初时尚可,肚皮仍能温饱,抗战越深,通货膨胀越烈,乱世物价如纸鸢,飘飘摇摇上九天。1945 年 7 月,玉米面每斤价 1000~1400 元。西南联大的教授们 1945 年末"薪津"每月大约 113000 元,只能买 80 斤玉米面,养一家人,无盐无菜,如何能吃得饱?吃既不饱,穿更不暖,体面更是奢侈的梦想。

物理系的吴大猷先生裤子上补大"膏药",左一块右一块;朱自清先生穿粗毛毡;哲学系的沈有鼎先生又旧又破的布鞋里面连袜子也没有。实在生活顾不得,金银饰品卖了,器物衣物卖了,再卖,就只剩下命根子藏书了,结果也卖了。黄子卿先生得疟疾,卖裘、书以购药。为此作诗:"饭甑凝尘腹半虚,维摩病榻拥愁居。草堂诗好难驱疟,既典征裘又典书。"

结果当时担任行政院院长兼财政部部长的孔祥熙听到"公务员要求加薪"问题时,吃得脑满肠肥的孔胖子从口袋里掏出一张 5 块钱的法币,在大家面前晃了晃说:"你们看看,我口袋里这张 5 块法币,摆了好几个礼拜了,也没有用它。真不明白,你们要加那么多薪,有什么用?!"

若是在沦陷后的北平呢?身份仍是教员,好比《四世同堂》里祁家老大祁瑞宣,那就沦为"四大贱"了,纸币贬值,物价上涨,唯四物不涨,所谓"坐电车,吃咸盐,买邮票,请教员"。"七七事变"前,大米白面是家常饭;"七七事变"后,窝窝头是好干粮;事态再发展,吃的可就是玉米秸秆、豆饼、花生壳子等磨成、牛马不吃的"混合面"了。报国无门,只得俯首在日寇铁蹄践踏的北平城的祁瑞宣,即是如此的悲惨,更何况他

要养的还有一大家子人……

以上所有困窘，都是因为自动排除了附逆的可能。周作人任伪职"督办"，日方发动，自己答应。答应的原因，就在于一上台即月俸 1200 圆，晋级可以一直加到月俸 2000 圆（合今人民币 6 万元）。横财啊！真是清酒红人面，财帛动人心。

而历史学家冯承钧先生，吃着混合面，瘫痪在床，气力不济，还用微弱的声音给学生们讲授《西域史》。音韵学专家赵荫堂先生，冬天给学生上课时，只穿得起一件破羊皮袍子；甲骨、金石学专家容庚老先生，坐不起车，冬天顶北风骑破自行车去上课。

鲁迅先生说"钱是要紧的"，此话着实不错，可是在很多人的心里，很多很多人的心里，关键时刻，有的东西，是比钱，还要紧的。

孤独的香水

在奥弗涅中央山脉，一个名叫康塔尔山的 2000 米高的火山山顶上的岩穴里，靠着喝生水、吃野草、蜥蜴、蚂蚁和爬虫，住着一个人。他叫格雷诺耶。

因为敏感非凡的鼻子，他在尘世生活中积攒下 10 万种气味，然后逃离人群，凭此在荒凉世界盖起一座想象中的气味城堡。白天他幻想在天上飞行，给整个世界播洒各种气味的甘露；晚上他幻想有看不见摸不着的气味使者给他拿看不见摸不着的气味之书以及气味饮料和气味美酒,一杯一杯把自己灌醉,最美好的一瓶是被他谋杀的马雷街少女的体香⋯⋯

这就是《香水》的作者帕特里克·聚斯金德赋予主人公格雷诺耶——这个天才加疯子——看世界的角度。

可是,有一天,他却惊恐地发现:世界上万事万物都有自己的气味,而他却没有一个"人"应有的味道。这种感觉让他发狂,像踩着烧红的火炭一般乱跳。

他不得不离开自己的"宫殿",重新走进人的世界:他要制造出世界上最伟大的香水,他要成为全能的芳香上帝。这种不祥的愿望使他像张着大嘴的狮子,吞噬了一个又一个少女的生命,他把她们的身体变成萎谢的花朵,掠夺了她们的芳香,终于真的制造出上帝一般的味道。

罪行败露,马上要被带到刑场残忍处死的那一刻,他试验了这种香水的魔力——他只不过滴了一滴在身上,在场的一万人,包括被谋杀少女的父亲、母亲、哥哥,就都把他看成是他们所能想象的最美丽、最迷人和最完美的人。而他像上帝一样面带微笑,谁也不知道他那微微牵起来的嘴角掩饰了什么。

他恨,他嫉妒。这些人卑微,下贱,却拥有尘世的一切。他们有自己的气味,他却没有。他实现了"伟大"的理想,却仍旧是一个无法回到人类世界的幽魂。

臭气熏天的公墓里,格雷诺耶把整瓶香水倒在身上,引诱一群流氓、盗贼、杀人犯、持刀殴斗者、妓女、逃兵、走投无路的年轻人出于绝对和完全的热爱,把自己分而食之。半小时后,这个天才和疯子的合成物,谋杀少女的人犯,伟大的香水制造师,从地面上彻底消失,一根头发也不剩。

《香水》这本小说就像一只大手伸进生活的五脏六腑,好一阵翻搅,从里面挖出最深、最本质的东西:孤独。

因为孤独，他不懂人是要爱人的，也是要被爱的，人的生是值得庆贺的，死却值得悲伤。所有人世一切情意和法则，都被他轻轻忽略掉。他毫不怜悯、毫不手软地害死前后一共26个美丽少女，只是为了占有——违背人类通行法则的孤独，就这样成为整个人类的噩梦。

而当他靠着假冒的味道招摇过市，他的"想被认知的迫切感"，也许正是我们共有的焦虑。这里体现的是一个恒久的孤独与追求被认同，但是到最后却命定地永远孤独的命题。

我们生活在群居共食的社会型群体居住环境里，被相同的价值体系支配，认同钱是好的，爱是好的，有朋友是好的，但是，每个人的心里又都有一道幽深的关锁，锁着的，就是那个小小的、叛逆的、孤独的灵魂。所以我们永远不可能像太阳地里那一大片金黄耀眼的向日葵，冲着一个方向微笑，冲着一个方向唱歌，冲着一个方向感恩和祈祷。每一株植物的心里都流淌着孤独的浆液，既渴望被认同，又渴望独立，在反反复复的矛盾中撕裂着自己的灵魂，彼此相望，却不能懂得。

格雷诺耶刚开始的孤独是人为的，被动的；定居火山顶时却是主动的，自找的。最终想要摆脱孤独而不得，落得个被孤独地杀死的结果。这两种孤独像两片蚌壳，又像非此即彼的命题，让他不是被动地被封闭于孤独之内，就是主动的寻求孤独的安慰，到最后注定要遭到孤独的诅咒和毁灭。

海明威的《战地钟声》里，受重伤的罗伯特打发深爱的姑娘撤离，独自留在阵地，一边竭力在剧痛中保持清醒，一边胡想一些乱七八糟的东西。有一句最打动人心："每个人只能做他自己该做的事。每个人都是孤独的，每个人。"这本书的另一个名字叫"丧钟为谁而鸣"，其实，对于整个人类世界来说，绝对不必打听孤独的丧钟为谁而鸣——丧钟就为你鸣。

苹果的欲望

　　1806 年春天的一个下午，一条奇怪的，由一对挖空的原木捆扎成的粗糙双体筏，顺着俄亥俄河懒洋洋地顺流漂下。一个船斗里躺着一个 30 来岁的、皮包骨头的瘦小男人；另一个船斗里，苹果种子堆积如山，为了躲避烈日，都被很小心地包裹上了泥土和苔藓。

　　这个在独木舟中打盹的家伙，就是俄亥俄州鼎鼎大名的"苹果佬"约翰·查普曼。

　　可以毫不夸张地说，查普曼用这条小船，往荒野僻壤载去了整整好几座果园。他把造酒的礼物带到边疆。另外，还有一个很重要的原因，那就是荒凉的美国西部边疆正待开发，一棵正常的苹果树需要十来年的时间才能结果，一座果园就是持续定居下来的标志，因此，西北边疆的土地使用许可特别要求：居者要"种植至少 50 棵苹果树"。而且，200 年前，人们要想得到有关"甘甜"的体验，只能靠果肉来提供。这就是苹果提供给查普曼时代的美国人的东西。

　　就这样，查普曼卖出了他的 30 万株没有嫁接过的种子长成的苹果，在整个美国的中西部开创了苹果的黄金时代。

　　这是迈克尔·波伦在《植物的欲望》一书中，所描画的苹果扩张的全过程。

在这里,我们看到的是一个植物与人互相利用对方的神话,每一方都在利用对方做自身做不了的事情。查普曼到最后是作为一个流浪着的富翁去世的;美洲得到了查普曼带去的苹果,就此把荒野永久性地变成了家园;而苹果,苹果得到了什么呢? 它得到了一个黄金时期:有数不清的新品种,半个地球成了它新的生长地。

在这场配合默契的舞蹈中,苹果非常主动热情地参与到了自己的驯化过程当中。它非常急切地想和人类做交易,来扩大自己的地盘。它们诱惑,它们哄骗,它们奉献甘甜,它们一步步引导人类,去实现自己的欲望。

你看,植物就是这么聪明——远比人类聪明。小麦和玉米煽动人类砍倒大片森林,以便为种植它们腾出空地,这就是我们的农业。与其说我们驯化了小麦和玉米,不如说,这些草木植物利用人类打败了大森林。原来,这个世界除了可以说成是"我们"的世界,也可以说成是蚂蚁的世界,杨树的世界,月季花的世界,马铃薯的世界,苹果的世界……

大概,这就是庄子所说的:"天地有大美而不言。"

那么,如果再想得远一些,正在全面围剿我们生活的,看似冷冰冰的,没有生命的计算机,有没有在驯化我们? 世界上还有什么东西有如此巨大的吸引力,能够让我们通宵达旦地面对一张冷冰冰的机器脸? 它们正在利用我们的欲望控制我们,引诱我们把它们变得越来越智能。电影《未来战士》已经表达出这种喧宾夺主的忧虑,《机械公敌》更是描画出未来"机器之王"控制人类的恐怖场景。

就是这样。苹果的欲望,树木的欲望,飞鸟的欲望,一只猫的欲望,人类的欲望,整个世界就这样在欲望交锋中此消彼长,所有的种子都想发芽,所有的萌芽都想长大,所有的客体都想变成主体,如史铁生所说,亿万种欲望拥挤摩擦,相互冲突又相互吸引,纵横交错成为人间。总有一些在默默运转,总有一些在高声叫喊,总有一些黯然失色随波逐流,总有一些光芒万丈彪炳风流,总有弱中弱,总有王中王……假如我们不能彼此和谐,就只有互相灭亡。

蚂蚁战争

在遥远的枫丹白露森林,褐蚁联邦的希丽·普·妮女王发动了一场对"手指"的远征。下面是她在贝洛岗皇城发表的演讲:

"手指是一群巨型动物,体形是蚂蚁的 1000 倍,它们 5 个一群地生活着。它们歼灭我们的远征狩猎队,用毒气消灭白蚁王国,用火烧毁我的母亲——上一任女王和整个贝洛岗城! 所以,我们要消灭所有的手指!"

步兵磨利了它们的大颚,炮兵准备了充足的酸液弹,个个信誓旦旦:"来吧,手指,让咱们比个高低吧!"

蚂蚁远征军出发了。它们来到一处奇怪的地方,爬上连绵不绝的小山岗,意外地发现这些石头都能吃! 这时从天上突然探出一只粉色的大球转眼间便碾死了 8 名侦察员。这个粉色的球是连接在一根长身子上的。在它碾碎了这几只可怜的小蚂蚁后,空中又慢慢出现了另外的 4 根柱子和它聚集到了一起。啊,一共有 5 个!

是手指!

它们把蚂蚁们从玻璃杯下面、盘子下面、餐巾布下面赶了出来,然后毫不留情地夺去它们年轻的生命。这简直是屠杀。空中弥漫着蚂蚁死

后发出的油酸味。

虽然一团绿色杀虫剂的雾气向蚂蚁当头罩下，它们仍旧对这些巨型怪物发动了进攻。这个大怪物抵挡不住，开始抽筋，窒息，颤抖，口中发出可怕的叫喊声。

蚂蚁们战胜了手指。这次小小的胜利极大地鼓舞了远征军的斗志。

远征路上，蚂蚁大军取得白蚁的支持，因为那些手指洗劫白蚁的城市，把蛹全都抓走。当那些蛹在掠夺者用来钓鱼的杆子尽头挣扎着发出求救荷尔蒙时，它们很担心这些丢失的孩子。

白蚁王后向远征军提供四支海军队伍、两支陆军队伍以及所有能征善战的下等白蚁。她说："让我们放弃白蚁和褐蚁间的世仇吧，我们首先应该结束这些魔鬼的罪恶。"

到了！手指的老窝如此巨大，如此雄伟，比森林里最高龄的树木还要高 1000 倍，繁茂 1000 倍。

大军摩拳擦掌，向着建筑的入口猛冲过去。忽然，一块扁平的黑东西像只怪鸟从天而降，一下子就压死了 4 名白蚁战士。紧接着，一片片的黑东西从各处飞下，砸碎了枪手们的护胸甲。

"冲啊，把它们全部杀了！"这一次，蚂蚁军团排成尖兵队形，向前挺进。

没什么人注意到地上这些悄然而行的小黑点。小推车的轮子，休闲鞋和运动鞋压平了一个个黑色的、小小的身影。偶尔有几只黑点攀上了一条裤子，也很快被人反手一击赶了下来。

第二天，每只蚂蚁都舔洗了自己的全身，大家最后来了一次口对口的食物交换。专门负责打气的蚂蚁则从触角里释放出最最野蛮的荷尔蒙来。

"冲啊！"

最后的 570 名战士排成骇人的一线，怀着坚定的意志向前冲去。一股股带着呛人气味的旋转水流向它们迎面扑来！整队整队的军团死在了水花冲卷之下。一辆小型洒水车强劲的肥皂水流喷击了40秒以后，所有曾跋涉几千米的腿爪，所有曾在恶劣的条件下战斗过的大颚，所有曾嗅到最具异国气息的触角，这所有的一切，都成了一块块残片，漂浮在橄榄绿色的水面上。

一次伟大的军事冒险就这样结束了。

那个开车的城市环保员什么都没有注意到。

"啪"，书页合上，法国作家贝尔纳·韦尔贝尔的《褐蚁联邦》终于读完了，这些小东西们的勇敢叫我刮目相看。以后遇到这些身体弱小但意志强大的生灵，我再也不会用水淹，用开水烫，用手碾，用蝇拍打，用嘴吹，也会在匆忙走路的时候留意脚下，我轻轻一跳，它们就免于生离死别。

不。

不是慈悲。

是尊重。

蔷薇不愿意

"佩带花环的阿波罗，向亚伯拉罕的聋耳边吟唱，我心里有猛虎在细嗅着蔷薇。"

好诗。

可是一只猛虎嗅蔷薇，你晓得人家蔷薇乐意不乐意。

好比我们赏花，撅着屁股，凑得近近的，鼻子都要杵进花心里了，眼睫毛都要把娇嫩的花瓣扎出一排洞眼。

又或者伸出柔荑，轻轻掐下一朵花来——

对人来说，这叫风雅。

对花来说，这是个什么玩意！这么怪，大脚板把地板跺得咚咚响，吓破了我们的小心脏；鼻子长得像白毛象，还伸进来乱嗅乱拱，鼻毛都能数得清，呕——

眼睛上还长一排铁刷子，喂，别凑这么近！

啊！一朵好姐妹被这只怪物用长满体毛的爪子把脖子拧断啦，把尸体还给戴到它自己的头上，呜哇哇——

瞧。

我们眼里的蚂蚁，多么微乎其微，对于一朵花也是一只扛着大铡刀的恶狼，它们钻进它的花蕊，噬咬它的花瓣，或者不顾它是疼还是痒，径自排着队浩浩荡荡爬过它的身体。它也不能动，所以只能既恐惧又恶心。

一头猛虎细嗅蔷薇，从老虎的角度，也许它的心里有朦朦胧胧的一点什么感觉，但是不耐细追寻，一追寻就消失了；从人的角度，这是诗意的，值得赞叹和铭记，带着禅味。而从一朵蔷薇的角度呢？这家伙那么大的嘴巴，会不会吃了它？这家伙整天吃肉，口气好臭，要熏得它背过气去。我们眼中所见的无比违和又无比和谐的一幕，宇宙间漂亮的一景，如果从蔷薇的眼中看出去，却是可怕的灭顶之灾。

还有，你知道一棵树拔出来，再重新栽回土里去，为什么会叶片发蔫，好长时间恢复不了元气？

不是因为损伤了根脉。据说，把树从土里拔出来，露出根，那是和人类被剥光了衣服裸奔一个等级的行为，把你扒得光溜溜的，让人看个饱，然后再给你穿上衣裳，让你继续生活，不羞死才怪。

当然，当春风拂面，百花挤挤挨挨，香气萦绕，天空一片湛蓝，太阳发着金光,或是细雨淅沥而下,这些花啊树啊是多么的惬意。好像一切都围着它起舞,一切都为它谋篇布局,阳光是为它照耀,青草是为它生长,蜂蝶是为它萦萦绕绕,流水潺潺,其实是为它奏响的爱的鸣琴……

对一朵花来说,这一切都是围绕着它发生,我们是它生命中的恶棍,它的生命中还有那么多、那么多专为它存在的喜悦。它才是世界的中心。

每朵花都是世界的中心。

每只猫、每只狗、每只蚊、每只蝇。

一块石头也是世界的中心。

谁说石头没有生命的? 你问问量子物理学家,它在和它周围的环境质换着怎样的粒子,而它的内里,又有着多么活跃的粒子的运动。对于它来说,即使是风烛残年的老人,举动也像是在快放电影,就那样滑稽地飞速地前进、倒退、说话,嘴巴动得快得无与伦比,一切都滑稽得不行。而它们睡一觉醒来,我们早已经成了灰尘。

我们就算站在它的旁边,一动不动几十年、上百年,对于它们来说,也不过就是我们的身边,有一只蚂蚁偶尔停留了片刻。至于片刻之后,蚂蚁是生是死,我们不关心,而我们的生与死,石头也不会关心。

所以,你的眼里看见的,不是世界的中心,那只不过是你的世界。我们看一个疯子傻呵呵地满街乱跑,可是对于这个快乐的疯子来说,我们才是表情木然、心思呆滞的疯子。

我们不认识这个世界。

我们也不认识自己。

当年八国联军进逼北京,慈禧西逃,随身两个丫头一边吃苦受罪服侍主子,一边说闲话,说到当初看戏看到的陈圆圆的故事,城破被俘,六宫的人被赶着迎接新主子,"九殿咚咚鸣战鼓,万朵花迎一只虎"。

老虎是开心了,那一万朵花开不开心?

当然这话跟老虎说不通,因为老虎不识字,人形的老虎也是莽夫、粗

汉。可是我们识字。所以我们不要搞这种让花恶心的事。

当你想要亵玩一朵花的时候，也要先想想它开心不开心。

所以还是不要一厢情愿地去歌咏一头猛虎细嗅蔷薇，因为蔷薇不愿意。

白菜开花似牡丹

秋风萧瑟，草木摇落。

冷，凉。

收白菜。

一个画家朋友包一百亩的土地，分割成块，再分包出去，供人们体味种菜之乐。朋友大发慈心，赏我们一块地，如给小孩子一片纸，又提供菜籽如同纸笔，供我们写写画画，随意涂鸦。

我们涂的是白菜和萝卜。

胡兰成其人飘宕流离，如同水银，其文却绣口锦心。爱看他的《今生今世》，又喜爱那里提到的一个人——步奎，因其看世界别有一番喜悦与不争的情致，又如幼儿看天地，眼眸清亮如水，所见时常出奇：

"温中教员宿舍楼前有株高大的玉兰花，还有绣球花，下雨天我与步奎同在栏杆边看一回，步奎笑吟吟道：'这花重重叠叠像里台，雨珠从第一层滴溜溜转折滚落，一层层，一级级。'他喜悦得好像他的人便是冰凉的雨珠。还有是上回我与他去近郊散步，走到尼姑庵前大路边，步奎看着田里的萝卜，说道：'这青青的萝卜菜，底下却长着个萝卜！'他说时真心诧异发笑，我果觉那萝卜菜好像有一桩事在胸口满满的，却怕被人知道。秘密与奇迹原来可以只是这种喜悦。"

如今成熟，将要收获，数行白菜与短短一行的萝卜挤挤种着，看着青青的萝卜菜，想到的便是曾经活在世上，只在这本书里被提上一笔的这个清透如同雨珠露珠的人，顿时觉得萝卜果真是满怀的心腹事不肯对人明言呵。

白菜用细绳把叶片松松拢着，外面的大叶子把里面白白的嫩叶子包裹住。两手搂菜，一旋，两旋，根断茎离，一棵白菜就被满满抱在怀里。一个、两个，朋友们拧得、旋得乐不可支。旁边不知是谁的菜园，起的名字叫个"吃不清"，十分挑衅，于是我们便去偷偷拔了一棵大白菜和一根大萝卜，替他们吃一点儿。

偌大的百亩园，成排成列的大白菜，到处都是收菜的人，手上沾得有泥，鞋底踩的是黑土地，那一刻整个人都厚重起来，好像接通了几千年农耕文明的地气。

然后就看见了那朵菜。

不成材。

散叶片片铺展开，开成一朵牡丹花的模样。

绿牡丹。

层层叠叠的瓣，午后秋日的阳光淡暖淡金，照得它莹透如同翠玉，脉络丝丝精致得不真实——你一棵大白菜长成牡丹花的模样到底是怀着怎么样的一个心思？

收毕白菜，晚上赶去市里聆听一位老先生的教诲。先生姓董，70余岁，大名子竹，念通四书五经，勤于布道讲学。和七七八八的人坐在他的房间，听他讲论人心，说世界上绝对的公平、公正、公开的大同世界其实

很难存在，真正的天堂是人人都能够在自己的位置安居乐业，我贸然插了一句嘴："各安其位"。老先生说："对，各安其位。"

可是很难。

人从来都是得陇望蜀，这山望着那山高是常事。好在所谓的安于其位和安居乐业，一个"安"字，一个"乐"字，说的无非是一种精神境界。不去削尖脑袋钻营，不去左踢右踹竞争，不去损人只为肥一己之私，而是像颜回一样，一箪食一瓢饮，精神上无限满足与喜悦。安，是安于物质；乐，是乐于心灵。

我的小孩是一个比较普通的小孩，日前开家长会，代表学生发言的没有她，上台表演节目的没有她，她的同窗，好友，宿舍的好姐妹都一个个上台，她在台下是那个一脸兴奋地鼓掌的人——一个被边缘化的好小孩。家长会散了之后，她拉着我，去看教室的外墙，上面都是学生们的涂鸦，里面有一圈一圈的彩色泡泡，还有一颗大大的镶金边的红心，她拉着我的手："妈，妈，这是我画的。"

我拿出相机，认真拍了下来，就像在教室里拍孩子们唱歌的时候，我拿相机扫遍全教室，然后认认真真拍她专注聆听的侧脸。妈妈在，妈妈爱她，关注着她。牡丹是花王，吸收了世界上生生世世恒河沙数以千亿计的目光。世上的普通人千千万，就像栽种在泥土里的成排成阵的大白菜，他们也都有一棵想要长成牡丹花的心啊。

"步奎近来读莎士比亚，读浮士德，读苏东坡诗集与宋六十家词。我不大看得起人家在用功，我只喜爱步奎的读书与上课，以至做日常杂事，都这样志气清坚。他的光阴没有一寸是雾数糟蹋的。他一点不去想到要做大事。他亦不愤世嫉俗，而只是与别的同事少作无益的往来。"

这就是我喜欢这个步奎的原因，因他不钻营，他普通，但是志气清坚，好比白菜开花似牡丹。我只愿世上众人以及我的小孩，都如这个步奎平常而又清贵，那么，这颗安居乐业与各安其位的牡丹心，就算真正长成了。

第二辑

华丽缘

佛桌上开出的花朵

我深更半夜被拎起来匆匆赶到保安办公室的时候,这个学生已经在这儿久候了。

陪他久候的,是班上的另外几个学生,两个是他的室友,第三个是劝架的。大家的模样都好过不到哪儿去。

他的鼻血还没擦干净,两名室友,室友甲的左眼睛乌青了一大块,室友乙的右耳朵破了——给咬的。3人打架不遗余力,看来是拳头巴掌一起上,手上、胳膊上都有新鲜的伤。

原因却是叫人笑不出来的可笑。

就因为他曾经做过一次小偷。上初中的时候,家贫无衣,羡慕别的孩子有李宁牌运动服,就把人家刚洗过的一件偷过来穿在身上,却被逮个正着。劣迹流传久远,一直跟到他上了高中还不肯停歇。室友认为自己正直洁白,不能容忍这样的"败类"和他们同住。

他们把他的皮鞋割破,往刚打的饭菜里吐上唾沫,衣服刚洗好就给扔进厕所,扫出来的垃圾堆到他的床上……他终于忍无可忍抢起了拳头,他们就等着这一刻,干脆人多欺负人少,一哄而上——青年人的面容,有着鲜活的皮肤和唇色,眼睛里却闪着这样不相称的光,流荡、鄙夷、痛恨、邪恶,心灵的一个地方扭曲成了麻花。

"为什么不早说?"我问他。他倔强地梗着脖子:"我不怕他们!"

旁边影子一样站在那里的第四个学生开口了："老师，让他跟我一起住吧。我们宿舍有空床，我和我的舍友也不会嫌弃他。"

他惊讶地扭头看，碰上的是一双平静、坦率的眼睛，坦然无波。

"行吗？"我问他。

他迟疑一刻："好……吧。"

此后，我就一直看着他，暗中关注。

看着他怎么和那几个新室友在操场上打打闹闹，看着他怎么和他们一起吃饭、一起上课、一起做作业，看着他的成绩像吃了魔药，噌噌朝上涨，半年的工夫，从后10名爬到前10名，一年的工夫，又从前10名爬到第一，到高三毕业，他已经凭着全年级第一的实力，打起铺盖，向复旦大学进军了。我本来是老早就准备好了一腔热血肉麻的话，要开导他直面人生的，却一点儿没用上，单凭这一点点友爱、温暖和信任，他就直冲云霄了。

他从大学写信来说：

"老师，其实刚开始我一直想退学，觉得学校不适合我，每一分每一秒都是煎熬。你又不了解情况，同学们又因为'那件事情'敌对我，我也想学习，可是老是心里长草，毛乎乎的。幸亏打那一架，才惊动了您，帮我调换了宿舍，有了新朋友，也有了新结果。要不然，真不敢想象我会是怎么个下场……"

一个沙弥思凡下山，后来一夕之间看破繁华，回寺忏悔。师父说："要想佛祖饶恕，除非——"他信手一指供桌，"连桌子也会开花。"浪子掩面而走。第二天早上，方丈踏进佛堂，佛桌上开满了大簇大簇的花朵，红白相杂。方丈急忙下山寻找浪子。可是等找到的时候，他正眼都不看师父一眼。佛桌上开出的那些花朵，也只开放了短短的一天。

很多时候，误入歧途并不意味着不能回头，让浪子不能回头的，是一颗颗冰冷的，不肯信任的心。只要宽容如泉，滋润干渴的人间，哪里有劳佛桌开花？

十 瓦罐和青玉罐

急用钱。银行不放贷，需要去借款。走三家不如并一家，直接给一个朋友打电话。

和这个朋友认识 3 年，只见过一面。我跑到千里之外去找她，她把一切都放下，一气陪了我 10 天，看西湖，看拙政园，吃东坡肉，吃鱼，吃虾，吃蟹，坐船，下着雨听昆曲，看周庄河桥两边蜿蜒的红灯笼，还有一个浅醉微醺的老男人，萍水相逢，在丝丝细雨里唱歌给我们听。

这次我要借十几万，她二话不说就把钱打过来了。我说我给你写张借条吧，她说不用不用，那多不好意思的！接着又说了一句话："你的信誉就值 1000 万。"

遍身微汗。这话真令我……惭愧不安。

刚和一个朋友渐行渐远。世路如棋，黑白不知，当初他接近我，观察我，我知道他在接近我，观察我。他研究我，我也知道他在研究我。如今他得出了研究我的结果，我也知道他得出了研究我的结果。他得出的结果是什么，他清楚，我也明白。想着我是一个天使的，结果我没有那么白；想着我是一只凤凰，我却是一只乌涂涂的麻雀。想着我穿着红舞鞋跳舞，我却弯着腰在田里拾麦。想着我非醴泉不饮，非练实不食，我却吃的人间饭，喝的人间水，认同人间的一切规则——我不是飞天，没有在画里飞的清高和寂寞，这个认知让他退却。

他走了。

我让他走。不作辩解。

从小到大，我一直是"被"字打头的那一个。被疼爱、被护持、被惦记、被关心、被支援、被信任、被帮助。有时候也会被辜负、被伤害、被遗忘、被轻蔑、被孤立、被厌恶。

日子久了，不等人厌我，通常我就会远离了。不等人负我，通常我就遁走了。不等人轻我蔑我，通常我有多远躲多远，直到你的视线里再也看不见我。至于被遗忘、被孤立、被厌恶，不要紧，我早当自己是秋野荒凉的柴火垛，寂寞里开花也是好。

而当面对疼爱、护持、惦记、关心、支援、信任、帮助的时候，又总是害怕多过欣喜。小时候，农村尘土连天的庙会上，会有马戏团荡秋千，高空里几根秋千吊索，几个人一荡一荡，你来我往，一个人凌空飞起，我看着他，手心出汗，心里说：掉下去了，要掉下去了，要摔死了……结果未及想完，这个人伸出去的手已被另一个人稳稳接住。可是，万一接不住呢？万一跳的人走了神，或者接的人分了心呢？万一两个人有仇呢？……

这个认知让我害怕，与其如此，何如抱臂敛手蹲在地面，强似飞在半悬空里无手可执，无臂可捉。耳边风声呼啸，下边，就是渺不可知的悬崖啊。

可是世路蜿蜒几十年，不论是曾经自己摔下来，还是被人推下来，哪一次没有人半路伸出胳膊，扶住我，接住我呢？如今我的家，我的房，我翼护的一切，我的所有所得，哪一桩哪一件又是我一力所得？

一个黑人小孩乘船失足落水，拼命挣扎，船上人发现，返回救他。船长问他为什么能坚持这么久，他说我知道你会来救我，你一定，一定会来救我。船长白发苍苍，跪在这个黑人小孩面前，说谢谢你，是你救了我，我为到底要不要回来救你时的犹豫感到耻辱。

我也感到耻辱。我为自己对人类善意的不信任感到耻辱。长久以来，

心如瓦罐,颜色晦暗。朋友的信任像柔软的稻草,把斑斑土锈擦掉,渐渐的,让它显出美好的,青玉的颜色。时日长久,我都忘了,自己的心,原来,是一只青玉的罐啊。

从今以后,想欺瞒的时候,不敢欺瞒,想使诈的时候,不敢使诈,想阴暗的时候,不敢阴暗,想毁约的时候,信守约定,想自暴自弃的时候,不敢轻易举步,怕一举步就是深渊。因为不光天在看,还有人在看。我管它别人看不看,还有我的朋友在看。所以对待生命,不敢漫不经心——朋友的信任让我对自己格外尊敬。黑格尔说:"人应当尊敬自己,并应自视能配得上最高尚的东西。"我尊敬了自己,只为的能够配得上更高尚的东西。

所以,哪里是我的信誉值1000万,是朋友的信任值1000万。

昨夜,夜色已深,这个朋友打来电话却不说话,那边传来鼓掌声,笑声,歌声。是蔡琴的专场演唱会,她特地从千里之外让我听。静夜温软,一如花颜。一颗心又痛又痒,宛如嫩芽初生,叶头红紫,跳荡着日光。

分享,让我们的友情香花烂漫

美国一位名叫安妮·斯通的母亲写了这样一封信:"我的孩子上学了,我把他交给你,世界。请你轻轻挽起他的手,告诉他应该知道的事情。让他知道,每有恶人之地,必有英雄所在。每有奸诈之人,必有义士。每有敌人,必有朋友在旁相助……"

是的,朋友。我们自从诞生,就开始寻找,寻找和自己心心相印的朋友。有了朋友,必不孤单。茫茫人海中,大概只有朋友乐于和自己分享甜蜜和痛苦,泪水和欢笑。但是,不是每个人都能拥有真心朋友的。要想得到真正的友情,要想赢得真正的友情,就要学会与人分享。

我一个同事,像《飘》里的那个美丽善良的玫兰妮一样,每个人都愿意和她做朋友,每个和她打过交道的人都依恋在她的身边不愿离开,就像她的身上有无比强大的磁场。你饿了,在她家里,你可以得到最可口的食物;你累了,她会安排你睡在她最柔软的床铺上;你病了,她会彻夜不眠地陪在你身边;你伤心,她的眼泪流得一点不比你少;而你的欢乐,可以让这个单纯善良的女人脸上绽开最甜最美的笑。所以每一个排斥她的人一旦靠近她,最后都变成她的朋友,而当有的人出于妒羡而攻击她的时候,总会有人为了她挺身而出。

这个朋友幼年丧母,十几岁丧父,3年前又丧夫,一个人带着孩子过日子,困窘艰难自不必说,但她却从来不用发愁。孩子上学,自然有人帮忙找最好的学校;要装修房子,自然有人帮忙找技术最好的施工队,并且要价全城最低;即使换瓶煤气,都不劳她操心,她的学生早一拥而上,连搬带抬,给她弄好。所以,即使生活里一场又一场大难接踵而至,她的脸上也从来就没有缺过明媚的笑。她把最好的东西奉献给了别人,别人回报她的,是一条铺满鲜花的阳光大道——这是我见过的最佳的分享案例了。

我的另一个同事,个子高挑,皮肤白皙,是个有名的美人。但是,她从小在大城市长大,所受教育就是"各人自扫门前雪,不管他人瓦上霜"。所以在和人打交道的时候,本着十足的自给自足原则,既不沾别人一分光,也不让别人沾带自己一分一毫。其结果是她每次上下班,都是一个人独来独往,而当别人提到她的时候,虽无微词,神情里也有微微的

不屑。

有一次,她在办公室突然肚子绞痛,脸色苍白,满头大汗,虽然正值休息,同事们聚在一起有说有笑,但却没有一个人在她身边,所以也无人发现她的异常。直到她挺不住央人帮忙,才赶紧把她送到医院,原来是胃穿孔,已经贻误了最佳治疗时间。在她住院期间,同事们除了礼节性的拜访之外,都不再露面。

巧的是与此同时,另一个同事也在住院,虽然只是一个小小的阑尾炎,床头却每天摆满了鲜花,来看望她的人络绎不绝,朋友们自发地排了班,轮值守夜;虽然孩子一个人留在家里,却有两个同事自愿每天跑去替她照顾,洗衣服、做饭,比对自己的儿女还尽心。

这两个同事截然相反的例证,让我想起一段略显刻薄的话来:

"你鼠肚鸡肠,怎么叫人宰相肚里能撑船? 你出手大方,朋友心里总记着你的情。任何东西只有先从你这儿流出去,才会有其他东西流进来。说穿了,我们从别人那儿获得的东西,往往都是我们原先付出的东西的回报。"

所谓舍得舍得,要有舍才能有得。所谓投桃报李,也如赠人玫瑰,收获的仍是香花美果。一个不会分享的富翁是可怜的,因为他失去了友情的支持,也在人生的最中间环节发生了断裂。不断被外界否定的人除非有超常强大的内心,否则根本无法达到第四重和第五重境界。

有一个动人的故事,说的是中世纪的欧洲,骑士盛行的时代,一个骑士深夜拼命打马,匆匆赶路,终于在破晓时分,赶到朋友的家里,急促地"砰砰"砸门。朋友打开门,一看是他,马上张开双臂,给他一个紧紧的拥抱,然后不等他说话,就抢着说:

"我的朋友,你冒夜前来,必有所谓。如果你需要马匹,你可以随意到我的马厩挑选良骑,无论你要多少,都可拿去;如果你需要金钱,我现在就带你到我的金库,那里的所有金银珠宝,都随你支配;如果你需要我的性命，那我就马上把我的头颅奉上，只要你说一句话，我的朋友，我绝不会道半个'不'字。"

这个骑士眼含热泪，紧紧拥抱这个他赶了半夜的路来会见的朋友，说："啊，我的朋友！我既不需要你的良马，也不需要你的金银，你竟然要我取你的性命，那怎么可能。我夜里做梦，梦见你被人追杀，掉下悬崖，醒来再也睡不着，冒夜前来，只是为了看看你是否安然无恙。"

这个故事，用深情的语调，诉说的是一个多么美好的有关"分享"的故事。当自己的身家性命都能拿来与好友"分享"的时候，两个人相对而立，怎么还可能有"人相对，心隔墙"的尴尬与悲凉？有的是面对整个世界时，两颗心合成一个宇宙的幸福与完满。像冰心说的，"爱在左，情在右，走在生命的两旁，随时撒种，随时开花，将这一径长途，点缀的香花弥漫，使穿枝拂叶的行人，踏着荆棘，不觉得痛苦，有泪可落，却不是悲凉。"

朋友啊，让我们学会彼此分享吧，哪怕这个世界仍旧穷山恶水无限，友谊也能点缀得人生小径香花烂漫。

有一种感觉叫怀念

20年前七朵花，今天一下来了俩。

都是当年的大学同寝，一个老大，一个老六——各拖一片绿叶和一

只小瓜。

绿叶当然是俩姐夫。大姐夫是律师，非常之有个性，一句话里仨陷阱，谈笑间"坑"人于无形；六姐夫是我们当年的辅导员，属于白面书生的那一款，如今面目越见白净官样。

最了不起是两个娃娃，还是十几岁的青嫩小瓜，个头居然都到了一米七八，他们在屋里一走动，我就觉得眼晕——我们家没有这么高的海拔。

可怜我家猫，没见过世面，一见人来，飞身逃窜，擦过的地板又光又亮，搞得它四爪打滑，挣着身子拼着往前纵，像《猫和老鼠》里面，追着老鼠疯狂跑的傻汤姆。好容易跑到小房间的门口，唰一个摆尾，没摆好，出溜溜来了个侧翻。

我说天色不早，咱们是吃正定的特色八大碗呀，还是去一家小店吃它的家常萝卜条馅的大包子，要不，吃香辣鸭头……结果两个姐夫一致把脑袋摇得丁零当啷响。大姐夫说，我给你们煮面吧，我说，俺家没面；六姐夫说，那咱炒饼，我说，俺家没饼；他们又说，那包饺子，我说，俺家没白菜……

结果还是我妥协。从外边买了几斤熟肉，从婆家拎两棵大白菜，六姐夫挥拳挽袖，剁馅去了。一案板的熟肉啊，六姐夫那么大个，虎虎生风，杀气阵阵，有点像《三国演义》里的锦马超。

馅剁好，拌得香香的，开始包。大姐夫擀片，供应我们三个——六姐夫累了，跑一边喝茶水，袖手旁观。就这样，两军对垒，堪堪打平——俩姐妹好命，摊上的全都是新世纪居家好男人。

一边包着，熟肉白菜馅的香味就一丝一丝往外氤，像香炉里的好香，丝丝绵绵，包裹住墙上挂的一幅小楷的《心经》。所谓"空不异色，色不异空，空即是色，色即是空"，这"色"，怕不止是粉脸乌发胭脂水，这个"空"，怕也不是敲破木鱼念破经。大人说说笑笑，小孩子挨挨蹭蹭，饺子皮一张一张往外甩，饺子一个一个包得像挺胸叠肚的大将军，一顿家常饭，平平常常，说说笑笑间，叫人忘却了世路风云，人情机变，这也算是"空"的一种吧。不过不是冥顽不灵、枯木顽空的"空"，而是"流水空山有落霞"的"空"。

饺子包出来，菜只随便配了几样，大姐夫一边念叨着"饺子酒好朋友"，一边端酒杯，吱一口，吱一口。旁边有老大端坐，双手交叠放在膝上，和老六、老七（就是我啦）谈笑晏晏。

这姐儿俩还是 1998 年结伴来过一次正定，到今年的今天，中间相隔了 11 年。

18 年能等老一个王宝钏，这 11 年时间，却也各自变幻了些面容。彼此各有光景，首尾不能相望，想着时光如水，真能把一份同寝之情冲刷得如同枯骨，无肌可附，可是甫一见面，今日容颜便立马便叠加上昔日容颜。如今这个轻声慢语、雍容华贵的太太，原来还是当年那个姚达俏丽的老大；如今这个言语间情致宛然，体态端庄大方的女子，也还是当年那个生在六一儿童节，偏又长保童心无限，且长了张俏皮的鸭子嘴儿的老六，她当年的招牌动作就是脑后一只马尾小辫一甩一甩，两只小手一乍一乍。我过去是，现在仍是叨陪末座，行七的一根狗尾巴花。

自兹挥别，各自登车，恋恋不舍。原来，这个世界上，真的有那么一种感情，不需要费力维系，不劳驾时时想起，只要回首，就惊觉它还在那里。像是一面刻着透明的花的透明的水晶面板，平平地铺在光阴里面，透过它，可以隔空看到无遮无碍的世界，可是，若是在光阴里铺一片黑绒布，这块水晶面板上面的花纹，马上凸现，丝丝缕缕，皆是过去的时光。这种感觉，大概就叫怀念。

晚秋里的花香

数年前独自进山，红栌的叶子比这个红。如同幼儿巴掌大的叶片铺了满地，落叶满阶红不扫。

现在再来，是很多人一起。同学会。20 年一聚。

我看着一个同学，却偏偏叫着另外一个同学的名字。还有一个男生，个子小小，眼睛圆圆，竟想不起来这是谁。两三个中年人从一边走来，我眼光漠然滑过，然后心头打了个突，猛地再转回来，竟然都是我的同学。

初见面就有这样的尴尬，这样的陌生。

当年的窈窕淑女，如今有的已经是三个孩子的妈，有的发了福。没变的令人欣慰，变了的，总归不会是越变越漂亮，令人神伤。

男同学变俗了。俗也俗得各式各样。

有的俗得清高，以前那么话唠的人，如今坐在椅子上不搭理人，像尊佛，因为当官了；有的俗得聒噪，大谈特谈别人的私生活和隐私，谈自己多么受器重；有的俗得卑微，有的俗得尖锐，自恃位高，矛戟森列；有的俗得浅薄，言语面目皆乏善可陈，说的话听了可以当作没听。

女生也变俗了。却是俗得清浅，叫人生欢喜心。因为没有官场利禄之念，小富小贵即安，心里不贪。不贪的人是原上的花，自带的风雨雪气，有一种自来的清贵。也有雅人，毫不造作，不自知其雅而雅到如今；也有人半雅不俗，一直如此，有时说话能入诗，转脸话里的红尘气呛死人。

牡丹是花，苕米也是花，我是那稳坐丛中，饮酒赏花人。

一错眼间，一切又好像倒回20年前，现实的样子被记忆中的样子修饰、删改、还原，我看着一个人，好像看不见她烫的卷卷的头发，看不见她画的眼线，看不见她时尚的衣裳，她还是那个直发的、朴素的、端庄的、幼涩的小姑娘，穿透重重岁月风尘，站在我面前。

次日上山，刚开始是笑的闹的，待到腿脚无力，和人群拉开距离，落在末尾，上到半山，回目四望，四面环围，层叶半染，碧翠鲜红相依偎。那一瞬间好比是我的灵魂就是山的灵魂。

登山，原本就不是成群结队、嚣叫无端的事，你叫了、闹了、玩了、乐了、吃了、喝了，就看不见山的真面目了，你在玩你自己的，山只给你搭一个布景罢了。只有当你静下来，一个人，仰见流云，俯见落叶，虽自觉如虫如蚁，也觉得山是自己，自己是山。有那么一秒两秒的时刻，竟似能够听见山在说什么。

闹有闹的好处，静有静的好处，总的来说，赏山却是宜默不宜喧。山于静处观，涛于响处听。

可是待下得山去，看见他们，又觉开心。因为又回到了人群，因为和这人群共有着一段记忆。世上何止千万亿人，我却和这几十个成了同学，这几个成了同寝，这几个成了同好，这几个成了密友。

我是个孤独的人，向来对于热闹能躲则躲，对于聚会之类亦无期待。且对生命亦不留恋，对世界亦不够热爱，可是却仍旧愿意在20年后，再看看这一张张风霜雨雪浸染过的脸，最好还是在这座山。那个时候，山照旧是在的，山上的红叶当仍然很美，山也很静，这样的美细腻婉约，像是江南春水。心头是被我们久已遗忘和忽略的淡淡细细的暖意，好比晚秋风凉，却有最后的一朵玫瑰花香。

昨晚唱K，大家尽情玩乐，山里的半月也亮得刺目，虽然无风，寒气

砭骨,看着大家的脸庞在摇曳的灯光和劲爆的乐曲里面,笑着、闹着、说着、唱着;如今却是坐在回程的车上,听着周华健的歌,花的心藏在蕊中,朋友一生一起走,那些日子不再有。喝一口矿泉水,滴滴冷水入喉,却如同烈酒,生生逼红了我的眼眶。

千年前的一场雪,两个人

一千多年前,一个茫茫雪夜,一个人睡醒一觉,开窗,饮酒,室内踯躅,四望一片白,鼓动得他胸怀喜悦,又忽忽如有所失,起而吟诗,又想着此时若有好友相对清谈,那该有多美。于是忽然想起远方一个人,一下子觉得连天明也等不及,一定要当下便去找他。一夜过去,水波流丽,小船将他一直送至朋友门前,远远望见朋友的家门,在晨光熙微中安静地关闭,他却跟船夫说:"不去了,咱们回去。"

于是橹桨欸乃,又把他送了回来。

有人后来问他,何为乎如此,他说:"我本是乘兴而行,如今兴头已尽,自然是要回家为是,何必一定要见到他才算完事?"

这便是东晋时期两位名士:王子猷和戴安道的故事——王子猷雪夜访戴安道,经宿才至,却造门不前而返。

那么,王子猷不怕戴安道生气吗?这什么人啊,那么大老远的路,到我门前又不进来,瞧不起我是怎的?戴安道又会不会左思右想:咦?子猷来找我,是不是有什么事要求我帮忙,不好开口,所以才会做出这般为难的姿态?说不定他还会采取这样的行为模式:亲亲热热"打"上门去,"谴责"一番,然后让王子猷摆好酒菜,两个人吃喝一通,方算了事。如果真是如此,我们或许就真的成了"以今人之心度古人之腹"和"以小人之心度君子之腹"。因为这三种行为模式,第一种失之于小,第二种失之于疑,第三种失之于俗。

若戴安道真是这样的一个人,那王子猷雪夜而访的,就不会是他——王子猷既然有雪夜吟诗和雪夜访友的情怀,他所寻访的戴安道,也必有非同一般的情怀。

有一回,戴安道从会稽到了京都,太傅谢安去看他。谢安原来对他有些轻视,见了面只谈些琴法和书法,更重要的事务根本提都不提。戴安道心里坦然,不以为忤,反而是谈琴法琴法通,谈书法书法懂,且更加难得的是那种闲适自得,宠辱不惊的气量,让谢太傅刮目相看。

只有这样一个人,博学多才却又襟怀冲淡,才会拥有这样大的魅力,让一个性情高爽的人雪夜独独想起了他,然后不辞辛苦,乘船就访,又让他可以随心所至,兴至而返,两个人的关系丝毫也不会受到影响,仍旧如雪般高洁,如水般清澈。

这大概就是真正的君子之交淡如水吧。

根据马斯洛的观点,人天生有一种"归属"的需求,但是现代人却把它功利地理解为"朋友多了路好走",所以就像提篮买菜,管它是水菜干菜、芹菜红苕,统统搁在一块,篮子里装了一堆,然后提着它沉沉地走路,累得腰酸背痛,一边还自诩为人脉广、会交际。于是,我们就见惯了有所图时的亲热,打太极时的虚与委蛇,利害不相关时的冷漠以及陌生人之间冷硬如墙的隔阂。天长日久,别人心中有没有鬼不知道,自己心里先就生出"鬼"来。

就如我的一个学生,看谁都不像好人,看谁都小心戒备,她的指导思

想就是：人心叵测，人际关系就是互相利用，所以千万、千万要小心，宁教我负人，不教人负我。既是心中生鬼，自然和人交往也做不到心无芥蒂，到最后本该很阳光快乐的女孩，却得了抑郁症，心情像在阴暗的地下室霉了多年的破布，又被鼠吃虫咬，散了一地，收拾不起来，只好休学了事。

而且，假如你心中有所图，那么你就很难保不真的会吸引那些财迷心窍或鬼迷心窍的家伙来，因为气场相同，心性相吸，到最后纠葛在一起，这种交往就成了一个吃人的妖怪，吃掉你的精气神和从容淡定的情怀。西谚说"羽毛相同的鸟一起飞"，大概就是这个意思。

而心中无鬼的这两个人，交往起来，感觉却如雪浸梅花，闻起来有一股香气；又像漠漠水田飞白鹭，水田和白鹭是那么登对；大漠长河落日圆，大漠、长河、落日又是那么搭配。

所以未交友，一定要先做人，做人先要做出一份雅淡如水的情怀，才能因为淡定而有雅量，因有雅量而能超脱，而能物加身而不喜，人亏己而不怨。这样和人交往起来，如秋月下的芦荻，那些和你有着同样美好情怀的人，会渐渐向你聚拢过来，你的世界因此生辉溢彩。

我和老铁的爱恨情仇

我被我爹扫地出门

一个男人到底要多厉害才算厉害？反正我是见识过厉害男人的。他叫老铁，就是我爹。

我爹牛眼，厚嘴，吃饭有人盛上，穿衣有人递上，地位至高无上。一走路大脚板"咚咚咚"震得地皮响，背个盛满凿子、刨子的工具箱，走到哪里都像个阎王。大巴掌打在头上如金钟玉磬，耳朵里嗡嗡响。我们和我娘都怕他，所有村民都服他——30 年前，谁家吃饭不是菜团子搀糠？只有我家有大米白面，至不济也是"皇粮"——黄粮：金黄灿烂的棒子面。我爹是好木匠，锯板、打材（棺材）、五斗橱方桌大立柜，上手就来。民间有谚曰："锯子一响，肉碗端上。"

他最不喜欢我，当然，我也不喜欢他。

我知道他为什么不喜欢我。

我是老大，一个女娃，底下两个弟弟。他是指着两个儿子给他顶门立户，光宗耀祖的，至于我，白生，白养，大了还要赔一付嫁妆。读书？要学费？"老子苦扒苦做挣来的钱，不能都叫你打了水漂！"

这时我上初三，大考前夕，老师结伴到我家做说客，磨破嘴皮子，他就是不让我再上学。我娘悄悄推我："去，给你爹说两句好话，说再也不

犟了,他就让你上学了!"我才不。肚里磨牙,恨不得撕碎了他。

到最后老师说了一句话:"老铁,这孩子你甭管了,交给我。花不着你一分钱。"拉起我就走。

这学上不上?老师家里也不宽裕,学费真的要她替我垫?

我一封信写到当地妇联,信中诉尽我爹的罪状,强烈表达了"我想读书"的愿望。

我也没想到两个星期后,妇联主席会亲自带着人来家访,把信拿给我爹看,让我爹成全我的梦想。他蒲扇样的大手捏着4大张信纸,抖得像风中的树叶,冲我娘大吼:"你养的好闺女,小崽子个儿没长成就想造反!上学?这辈子都甭想!"

我娘吓得抖抖索索,妇联主席看不过眼:"老铁同志,这就是你的不对了。如果你不待嫂子好些,不让你女儿上学,我们就把这件事上报县长……"

一句话把他吓住了,粗暴不是愚蠢,发威使蛮他也知道看对象。扭头进屋,捧出500块钱,啪!摔在桌上:"拿去!给她!老子有俩儿子,还怕没人养老?以后,不许她再进我的门!"

不进就不进,巴不得!

母亲句句是遗言

这就算扫地出门了。读高中,考师专,毕业也不肯回乡,我跟着未婚夫远远到了南疆。

10年间,结婚,生子,得子宫肌瘤,动手术,不死也去半条命。麻醉药渐醒,前尘往事一幕幕在脑子里放电影,要不是我爹,我这么一个有家乡的人不会变成在外游荡的野鬼孤魂。

我娘来了。面色苍黑,身体瘦弱,气喘吁吁,紧紧捏着我的手。她杀鸡宰鸭,变尽花样,我吃得多,长得胖,身体很快恢复了原样。看我好起来,她收拾小包袱要走。临走的头天晚上,她陪着我睡在一张床上,一边咳嗽一边絮絮地跟我说话:"妮子,别恨你爹。你脾气太犟,处处像他。你不知道,他整天教育你两个弟弟,让他们跟你学习……"

我困劲上来,迷迷糊糊地答应:嗯,嗯。

一个月后,一封加急电报拍过来:母病危,速归。

等我赶回家去,我的娘啊,已经停在灵床上,盖着心头被,又小又黑。她还不到50岁——来照顾我的时候,她就已经是肺癌晚期。二儿一女,再加一个阎王爷,生生地把她早早送进坟墓里。回忆走前那一晚,句句嘱咐我的,原来都是遗言。

我心里刀片划过,鲜血滴落。袅袅升腾的烟雾下,他铜铃大的牛眼里一滴滴泪砸进地面。

发送完我娘,我马不停蹄赶了回来。没和我爹说一句话。

光阴滔滔,再隔两岸

然后,小弟就打过电话来了。他一向温柔又懂事,当初我挨打的时候,他不顾自己人小腿短没力气,跑上来拼命抱住我爹的腿,哭着喊:"别打我姐姐,别打我姐姐。" 这次他可是来兴师问罪的:"姐,妈没了,咱们都伤心,最伤心的还是咱爹。他自从给你拍过电报,就赶紧上集给你买了一身新衣裳。打算等你和他说话的时候交给你。可是你一个字都没跟他说……"

我直觉心里有个地方,软软地疼了一下。

7天长假。我把孩子扔给老公,给弟弟打电话:"告诉爹,我回去。"

大巴车坐了一天一夜,回到家已是晨星满天。我爹佝偻着高大的身子,偎在一个破沙发上打盹。我刚把行李一放,他一个激灵惊醒了:"妮子!"

他赶紧站起,腿一软,趔趄两下。我本能要扶,他已站直:"不用,不用。我给你弄饭去。"

转眼5天,又该离别。我提着旅行包,还是当面叫不出一个"爹"字:"我走了,以后会常来看你……"他正埋头吃饭,筷子抖了一下,头扎得更低:"嗯。"

这次,大弟是跟我一起回来的。他托我给他找工作。

我一个平常老师,能给他找什么工作?让他干保安,他不干,看不起那一个月800块钱;让他当打字员,他更不干,他宁可上网打游戏,也不愿意听别人的使唤。

老公为此和我大打一仗,给了大弟2000块钱,把他打发回家。转眼我老爹的电话就打来了,开口就骂:"老子养大你们3个不容易,你是老大,你不帮你弟谁帮?"

我火撞顶梁:"你养大他们两个,没养大我!早知道你不疼我,当初你还不如就把我溺死,省得如今我烦心!"

好容易修补好的裂痕,又撕开一尺宽。光阴滔滔,再隔两岸。

满腹的怨恨还是被爱打败

从上一次电话上吵架,彼此不见又有5年。

一天,大弟打来电话:"姐,回来吧,军军他……"

赶回家去,小弟弟胃出血。可怜我那温柔又可爱的小军弟,婚期已定,还有一个月就要当上幸福的新郎,却死在了医院。

母亲死了,天塌了;小弟弟也死了,地又陷。我爹中年丧妻,老来丧子,饶他强做强,终究是凡人。我恨他当年说话绝情,仍旧不和他交一言。

安葬完小弟,我精疲力竭,眼泪哭干。已是深夜,我爹主动开口叫我:"妮子,去睡吧。"

勉强抬头去看，家里唯一的大床上铺上新床单，平平展展，一床新被放在上面。他知道我有洁癖，不知道什么时候迈着老腿，忍着幼子丧亡之痛，跑到30里外的小镇上买来新被新床单。旁边摆着新脸盆，脸盆里有热水，冒着袅袅的热气，他说你熏熏眼。哭了一天，怕把眼睛哭坏……

　　我的天，他什么时候开始变得这么细心？

　　母亲没了，小弟走了，我说你跟我走吧。他说不！"你娘也在这儿，小军也在这儿，我走了，他们找不着家门……"

　　我的泪一下子又下来了。

　　如今，我这个他当年最不肯指望的女儿，给他重新盖了房，刷了墙，按月给他寄钱。我还在这里腾出一间房，往后，就让我们这一对父女彼此依靠。

　　本想着恨一辈子的，却没想到当初结那样深的怨，是因为时光在手，肆无忌惮。如今时日无多，彼此珍惜都怕来不及。俄罗斯诗人吉皮乌斯说："趁你活着，别分离。"果然如此。说到底，到头来，满腹的怨恨还是会被爱和岁月打败。

女儿枕

　　母亲抱过来一个枕头，说：给你枕。

　　我接过来细看，然后大笑。

这枕头,拳头大的蓝圆顶,用数十年前流行的女红工艺"拉锁子",各勾勒了两片南瓜叶,一朵五瓣花,三根卷须子。蓝顶周围又镶了一圈四指宽的果绿布。大红绒布为身,红布身和绿枕顶接壤的地带,又一头用两块小小的菱形花布缝上去做装饰。整个枕头,两头粗,中间细,娇俏,喜庆,憨态可掬,像个小胖美人掐着小腰肢。

我娘的手极巧,她是飞翔在柳润烟浓土膏肥沃的农耕时代的一只红嘴绿鹦哥,若是出身富贵,那便是整日不出绣楼,绣香袋、描鞋样、给哥哥兄弟做丝绫覆面的鞋;即使出身寒门,纳鞋底啦、绣花啦、用高粱秆做盖帘啦、给小娃娃做老头虎鞋啦,没有不拿得起放得下。

今天在家,渐觉烟气笼人,呛咳流泪,"咔嗒"一声门响,母亲从她的卧室里冲出来,一叠连声地说:"坏了坏了!"

不用她说我也知道坏了。

出去看,她又在熬花椒水!又忘了关火!

昨天夜里她熬花椒水熬到干汤,幸亏我先生凑巧进厨房,替她把火关上。看着今天又被烧得通红的铁锅,我揿着疼痛的颈椎,口气怎么也轻松不起来:"花椒水这种东西,本来就是可用可不用,以后把这道工序省了!不要再熬了!"

过一会儿我又问:"你熬花椒水干吗?"她看了我一眼,说:"我想给你做臭豆腐……"

那一眼让我的心霎时间如同刀剜——她那张皱纹纵横的老脸上,是满满的羞惭。

什么时候,她这么老了?从我记事起,她的两颊就酡红平展,像枚光壳的鸡蛋。可是现在她脸色灰黄枯干,脸上是纵横的沟壑,嘴巴可笑地向里瘪着——安了假牙后特有的情状——一副老婆婆相。

她的人生已经结束了征战,她拱手让出生活的所有大权。只保留一点根据地小如鸡蛋,在这个鸡蛋壳里竭尽全力做道场。我每天都能享受到"亲娘牌"的丰盛午餐：

一盆腌酸菜，一盘素菜饺，一碗盐腌的白菜根，一碗面片汤——面片是她亲手擀的，辣椒油和蒜瓣炝锅，冰雪寒天，喝上一碗，浑身都暖；一盘豆面儿和小米面混蒸的窝窝头。她亲手蒸的；麻花——她亲自和面，亲自放上黑糖，亲手炸的。样样都是我爱吃的。若不是熬花椒水熬出祸来，过两天，我就能吃上最爱的臭豆腐了。

外面觥筹交错，不抵娘熬的一碗薄粥。

外面山珍海味，不抵娘蒸的一个窝窝头。

可是今天熬花椒水被我禁止，明年，谁知道又会以衰老为由，禁止她的什么技能？我享受娘饭的机会，就像拿在手头的钞票，只能是越花越少，越花越少。

可是我的娘啊你又为什么羞惭？

你觉得你的衰老是可耻的，你的无力让你无能为力，可是你的面前是你亲生亲养的女儿，你情不自禁露出的惭色，是对我的鞭挞和斥责。

一会儿她把注意力转到我脖子上面，试探地揉一下："疼啊？"

我不在意地说："没事，老毛病。"

"哦。"她转身进了自己的房间。

我吃饭，午休，午休完毕起来做事，一气埋头到傍晚。她进来了，抱着这个枕头，说：给你枕。

我抱着它，又笑又疼。天知道她怎么戴着老花镜，拈着绣花针，针走线缔，做这项对于 70 岁的老人来说十分浩大的工程？

我娘没学过历史，也没见过"孩儿枕"，不知道有个瓷做的小孩儿，跷着小光脚，洼着小腰，趴在那里眯眯笑；她只是福至心灵，专给我这个40 岁的老姑娘做了一个"女儿枕"。我决定不用它睡觉，要安放茶室，当成清供，明黄的榻上它安详横陈，如同青花瓷盆里水浸白石，九子兰生长娉婷。

可是她说："要天天枕着睡觉啊，治颈椎病。"

暮色四合，一室俱静。

我搂着枕头，像搂着一笔横财。

华丽缘

我家光景艰难，数着米粒煮粥，派我们小孩子到处搂草烧饭，所以我娘老爱发脾气，一说话三瞪眼。她一瞪眼我就害怕，像耗子一样溜墙根，大气不敢出；我哥跑到外面躲灾，不到天黑不回来；只有我爹训练有素，坐在一把破了腿的椅子上抽旱烟，对我娘的嚷骂声处之泰然。渐渐的，我娘的怨气发完，拿起一摞大红纸，还有一个一个的猫样：啊，好日子开始了，要剪窗花了。

我娘是典型的农耕时代的家庭妇女，虽没赶上裹小脚，却赶上了穿大襟褂子和挽纂儿。纂儿上戴一朵剪绒花。年幼丧母，没人疼的孩子早当家，该会的不该会的活计全会，比如剪窗花。

窗花好看不好剪。先得制花样子。因为窗花少不了猫的图案，所以通常管窗花样子叫"猫样"。猫样是用报纸做的，取其有韧劲，水湿不碎。把旧报纸用水打湿，再把从别处借来的窗花样子贴在上面，用黑烟大冒的煤油灯去熏。别处熏黑了，把借来的花样子揭开，窗花就如白染皂，黑白分明地印在报纸上。把报纸平平地压到炕席下面，底下烧炕，热气蒸干，样子就有了。

天上一日，地上一年，不知不觉年就来了。扫房、蒸花馍、浆洗被窝，一切都做好了，我爹就"刷刷"几下把糊窗的纸撕了。那时都是小方格木窗，上糊以纸，屋里既黑且暗，尤其纸在窗上贴了一年，大窟窿小眼，憔悴不堪。我娘给我几个小钱："丫头，去供销社，买两张粉连纸。"这种纸既大且白，轻薄透亮，几乎专用糊窗。长长的一卷纸，我像孙猴子扛金箍棒一样扛回来，我爹早打好糨子等纸，把它平平展展糊在窗子上，崭新雪白的窗子呀，把屋子都映得崭新雪亮。

从炕席底下拿出猫样，再拿出珍藏密敛的亮红纸，我娘操起一把亮银剪。这时候的我娘，美丽极了，温婉极了，低倾着头的姿势好看极了——我都看呆了。

我看着她把印在报纸上的纷繁复杂的花样子一个个剪下来，蒙在红纸上，落剪的一刹那，发出轻微的"嚓嚓"响，像蚕吃桑叶，像花颤巍巍地开放，像空气里摇漾春如线。她痴了，我痴了，我爹也痴了。一年到头的苦日子中，这是最可赞美的诗意一刻。

纸屑下落如雨，左掏右剪中，我娘手里出现一只卷尾巴小猫咪。眼仁眯成一线，像正午阳光下，在香气旺盛的玫瑰花旁边打着呼噜酣眠，听到动静，偶尔警觉地睁睁眼睛。要命的是这只猫咪的胳膊上挎一个花篮，像一个回娘家的小媳妇，篮里有什么呢？也许是一条金尾鲤鱼，带回家去，孝敬妈妈。像民歌里唱的："左手一只鸡，右手一只鸭，背上还背着一个胖娃娃呀，咿呀咿得儿喂……"有一种稚拙得让人心疼的娇憨。

猫咪剪出，我爹粗大的手指拎起来左右端详，我娘就催："快贴上，小心尾巴。"尾巴上的毛牙细如针尖，是用绣花剪一下一下剪出来的，一不小心就会折损。一只纸剪的小猫，真够娇气和精心。它和一群喜鹊呀、盘成一圈的蛇呀、张着会意的大嘴巴的老虎，围成一圈，中间是一个大八喜葫芦。到现在，我都不知道这个葫芦是怎么剪出来的。

8个小葫芦嘴对嘴围成一圈,圆圆的小屁股一律朝外,联结这8个葫芦的除了几道极不明显的细线之外,就是3个圆圈。最外缘的那个圆圈上居然斜斜地伸出一只朝天的小喇叭花! 这个喇叭花真是神来之笔,它打破了对称,象谨肃严整的贵妇人脸上绽开明媚的笑容。啊,喇叭花唱起来了,春天,春天来了啊。

窗花映红了我娘的脸,让我想起一个华丽的词:女红。

女红,这个词本身就像一个工笔画出的好女子,罗衣彩带,小窗闲倚,银针穿梭,绣出鸳鸯蝴蝶。只要绣针拈起,无论多么困苦艰涩的岁月,都能借助粉红、冰蓝、月白、银紫的丝线绣成一朵花的样子,绣成一个梦的样子,梦里有柔软的白云,蓝天草地,一朵鲜花笑趁在春风里……

按说女红这种活计是有等次和阶级的,比如黛玉和宝钗,莺儿和紫鹃,若是农村妇女,只有搂草笆柴,生火做饭是本分生计,别说没闲工夫挑花绣朵,就是有,也许不出闺门还有些女红的乐趣,一出嫁就跌进柴米油盐的苦海,连做梦都想不起来。

可是只要心中有美,心中有梦,哪怕手里拈的不是金丝银线,而是红纸银剪,谁能说一个普通的乡间农妇,就没有资格去赶赴一场和女红的华丽约会?

过年才需要剪窗花,孩子却是一年四季都要生。哪一家生娃娃了,就会叫:"婶子,给我们家做双老虎头鞋啊。"我娘就忙不迭点头:一定,一定。这个时候,她又忘了忧虑,忘了发脾气和骂人,陷身其中,其乐无穷。虽然生活无比艰难,大襟褂子的托肩换了又换,大孩懒,小孩馋,粗粝的日子让她老是脾气不断,但是手中活计一旦开始,她的身上又开始焕发温柔的母性,象通身佛光的观音。

我看着她从针线笸箩里拿出一块袼褙——家里攒下来的破旧废布洗洗干净,一层一层用糨糊粘起来,在房顶铺平,晒干,再一块块揭下来收存。它的用途就是给大人孩子纳鞋底子用。大人的鞋底子用几层袼褙摞起来,粗针大线,结结实实,号称踢死牛。过年的鞋,或是小伙子穿来相亲的鞋,用漂亮的白洋布一层层包边,穿在脚上,周正,白亮,打眼,美气!这就是所谓千层底,现在人们穿它是时髦,是怀旧,是返璞归真,那个时代,人人都穿千层底,连小婴儿也不例外!

小婴儿穿的就是这种小老虎头鞋了。鞋底只用一层袼褙就好,又不用它来走路,最好软一些,再软一些。鞋帮也是袼褙,一只鞋剪出对称的两个鞋帮,对头一碰,两头一缝,就出来一个小老虎头的鞋型,两只尖耳朵竖起来,耀武扬威。

画龙完成,下面点睛。是真的点睛,给小老虎"描眉画眼",不用笔,用丝线。大红大蓝的绸片做成小老虎的头脸,银针穿上丝钱,给小老虎一下下绣出弯弯的眉,毛茸茸圆圆的淘气的眼,白线绣出可爱的小蒜头鼻子,鼻头上再用黑丝线绣出网格,圆圆的嘴巴是两股红线,上边一个半圆,下边一个半圆。然后我娘再给小老虎的脸上添几根细细的胡子,真奇怪,她把老虎当成猫来加工。

我娘做这一切,均是免费,一是乡里人情厚,二是她真心热爱。从她入神的哼哼唱唱中,我看到的是一个乡村少妇那一刻恬静自足的内心。没有忧愁,没有悲伤,没有焦灼,没有恐慌,有的是无限的希望,寄托在一针一线的刺绣上。

是我错了。以前总是对我娘的坏脾气怨恨不满,却忽略了她心里排山倒海的柔情和繁花盛开的烂漫。哪怕再多艰辛磨难,她的心里始终没有断掉对生活的美好期盼,甚至把日常的光景也过成了女红的模样。

她会用细细的高粱秆儿串盖帘,串的盖帘细巧、平整、白亮、美观。一把大王麻子剪刀和一段长长的针线,就够她忙活一个夜晚又一个夜晚。我们都睡了,她的阵地上一片凌乱,七支八叉长长短短的高粱秆儿,到最后成就一个一个完美的圆。

她会做臭豆腐,做出来的臭豆腐细腻、清香;她会腌咸菜,腌出来的

咸菜翠绿、味长。是的,她什么都会干,也什么都肯干,只要生活不难为她,她会是一个温柔的好妈妈。可是她不是。

她很厉害,总是骂人,骂得我以为自己不是亲娘生的。她对我,对我爹都很凶,我们父女俩简直就是一对患难同盟。

那一段时间,我对我娘是厌恶的。再大些,就知道报仇了。恨她、骂她、气她,气极了,她就赶我:走! 走得远远的! 我果真甩手一走,过年也不肯回家。这种情绪到我结婚都没有得到缓解。

怀孕了,住院了,剖宫产的痛楚还没过,她挎着一个小包袱满头大汗地来了。我一见她就把脸别过去了,不笑,不说话。我心里的不高兴她也看不出来,那么欢天喜地看自己的外孙女,那个青蛙样的小东西自管睡大觉,也不理她,她却看得都要醉了。

后来才知道她冒着 39 度的高温坐车过来,晕车晕得要死了;看我那么冷淡和厌恶,她背地里偷偷地哭过,然后再若无其事地接着伺候我。出院的时候,别人都坐到前排去了,只有她抱着小娃娃,跟着我坐在后排,车在乡间土路上颠簸,我捂着刀口,一颠一皱眉,她不说话,像猫那样密切注视着。

我也不知道什么时候开始和她和解的,像水和油一样,刚开始界限分明,不知道什么时候边缘开始模糊了。

到现在夜深人静,想她的多半生,越想越知道了母亲。原来我的半夜不睡,一个字一个字地敲打,也像她在做女红,白纸黑字幻化成绝美的姹紫嫣红。她把她的一切都传给我了,她的坏脾气,和她的细密的耐心。还有,生活虽然是艰难的,但是始终不肯磨灭心里的憧憬。曾有朋友忠告:你太执着,这样会不快乐。没想到执着也是我娘传给我的。我看见光屁股的小孩子会打心眼里往外疼,看见迈不动步的饥寒交迫的老人会打心眼儿里往外地难过,总觉得自己是天生的慈悲心,没想到这也是自我娘的遗传。所谓天生禀性,原来都有根生。

好也罢，坏也罢，喜也罢，忧也罢，爱也罢，恨也罢，我今生的一切都是一棵树上开出的繁花。娘啊，原来我和你的相遇，是今生最华丽的一场缘分。

同命相怜

现在格外喜欢逛超市。既似乎是漫无目的，又似乎是目标明确。

看见一袋小咸菜，想着是我爹愿意吃的，拿两包。看见辣锅巴，想着是我爹愿意吃的——他现在跟老小孩似的，什么都爱填进嘴巴里嚼一嚼，称一斤。看见油茶，想着是我娘喜欢喝的，拿一袋。

心里想着他们，嘴上是从来不肯说的。我继承了父亲的沉默寡言，多年的"家长"当下来，也习惯了自己的沉默寡言。刚开始父母跟我住一起，我娘总爱逗着我说话，我"嗯嗯啊啊"地应两声，她怒了，就想要骂我，我从正吃的饭碗边上抬眼看看她，她就讪讪地噤声，回自己屋里去了。

那个时候，心里是觉得委屈的。爹不是我一个人的爹，娘不是我一个人的娘，凭什么别人就一点责任都不肯负呢？记得去年冬天的时候，爹娘又一次搬过来住，我气咻咻的，低声发牢骚："什么都靠我，什么都靠我，他们又不是只养我一个，他们那儿子活得好好的，为什么什么都要靠我……"

到了今年，大雪纷飞，依旧还是把他们接来住了。

我还是话很少。

我娘不再用在农村里呆惯的大嗓门笑了,也不再大早晨就起床,在厨房里搞得锅碗瓢盆乱响,而且他们的房门总是关得紧紧的,把电视的声音也隔绝在我的耳力之外——似乎从今年开始,他们才真正了解到,他们的姑娘是不欢迎纷乱和嘈杂的,同时也真正明白,他们的姑娘现在是要顶天立地,养家糊口的,所以,不要干扰她休息和睡觉。

于是,他们就把自己收拾起来,缩成一团,尽量不让自己的气场干扰到我的气场。所以,我就觉得舒服了很多。

我还是那样不苟言笑,但是,见着我爹蹒跚着走到饭桌前,我会和颜悦色地说一声:"爹,慢点,别摔着。"

他就乖乖地点头,说:"哦。"

然后用两只眼睛看着我。

我半低着头,匆匆就座,端碗吃饭。吃饭的过程中,尽可能忽视我娘吃饭时弄出的声响,和我爹吃饭时因吞咽不力时时爆发的咳咳呛呛,吃完后,把碗和筷子一放,继续把自己关在房间里面,有时干活,有时也听听歌。

人到中年,我已经不习惯和人很亲近地交流了。

好像很多年都不习惯和人很亲近地交流了。

那天中午,回到家,他们已经吃过饭了,桌上只放着一副碗筷,是我的。盘子里躺着四只长圆形、米黄色的东西,略翻动一下,很绵软又很松脆的样子,还有一点点馅洒出来。底下有些焦煳。我娘出来,看我正研究它们,就说:给你摊的卷卷(豆面煎饼,卷上豆腐、白菜、萝卜剁碎的素馅,馅子咸鲜,煎饼绵软,很好吃),你爱吃。结果煎的时候,我忘了火,回屋了,有点糊了。

我说没事没事,然后夹起一个咬了一口。

我娘兴致勃勃趴着我旁边的椅子背儿,说:"好吃不?"

我点点头："嗯,好吃!"

我娘还想再说什么,一看我没有说话的欲望,就又起身蹩摸蹩摸地又走了。

所以说,我是当不了那个彩衣娱亲的老莱子的。

我也自认为孝,却孝得不够位,不到家。而且那时候,我好像也没有领悟到孝的真正意义,只觉得我是高处倾斜的水缸,往下倒水,他们在下面接着。

但是,我的生活方式还是悄悄起了变化了。以前从不爱出门,更不爱逛超市,自从他们来了之后,我就变得格外爱在超市一行一行的格子里逛来逛去,目光格外关注那些平时绝不会关注的东西,关注了之后就会买。一路拎回去的路上,看看袋子里盛装的那些不起眼的小东西,心里就会有一丝一丝的甜味泛上来。

想吃"卷卷"的时候,回到家,就可以看到它们乖乖地躺在盘子里,互相依偎,友爱,甜蜜。

想吃素馅饺子的时候,想吃热面的时候,想吃凉拌花生米的时候,我甚至都不用自己下手和面、拌馅、包、擀面和煮花生。

不,这些都是不重要的。

最重要的是,买了东西,有人可以从自己手里接过去吃。

一个"爹"字"娘"字叫出口,有人可以从那头应起来。

昨晚坐在桌前,父亲用他仅有的一颗牙慢慢地嚼麻花——木糖醇的,我特意给他买来糖,让我娘给他炸的,他爱吃甜食。糖尿病人不能拔牙,也不能安假牙。我在顶头的位置低头喝粥,一边就悄悄红了眼圈,因为想到终有一天,我会买来了木糖醇,却只能洒给一抔黄土,买来锅巴,也只能埋进一抔黄土,买来小咸菜,买来棉鞋,都没有人会接着。我叫一声爹,一声娘,回应我的也只能是荒草萋萋,或者连天白雪掩埋下的,那抔冰冷的黄土。

总有一天，我会变成孤儿。

开政协会，与会的有本地报纸的总编。他年前刚把老母奉养过世，他的母亲在他还没结婚的时候就因病瘫痪在床，20 多年来，一直以一种近似植物人的状态生活，他每天都要给她翻身、擦身、喂饭、洗脸，虽有兄弟姐妹，却成家的成家，在外的在外，千般重担一肩担，想着他的心中一定会有怨怼的吧，可是没有。母亲去世，终于卸下负担了吧，但是也不。50 岁的人，提到过世的母亲仍旧会红了眼圈：因为他觉得摸黑起早去给母亲翻身的时候，面对的是一张空床……孝亲的含义，原来不是为儿为女的居高临下，给年迈的父母施舍一些爱和关心的"甘霖"；而是谢谢亲人成全我们孝顺他们的心，给我们一个能够孝顺他们的机会。当父母不在，孝顺无门，那个时候，我们就都成了孤儿，同命相怜。

心尖的肉，心头的船

这个世界上不幸的孩子很多，他算得上一个。

13 岁上父母离婚，父亲另娶，母亲另嫁，他是被姥姥带大的，而姥姥，也在他考上高中的那一年去世了。

至今，他一给母亲打电话，母亲通常是习惯性地说："hello,this is……"嫁给外国人了，还又生了两个娃娃。至今，他没给父亲打过电话，因为后母根本不许父亲接，他小小年纪一边读书一边做家教，营养不良到现在都长不起个子。

说实话，妈妈和爸爸都是有寄钱给他的，如果把他的账户上的钱支出来，恐怕当一个小小的富翁都有余，但是他不肯，一分钱都不动。他不是省，他是恨。

恨父亲和母亲的不负责任，既相爱又不好好相爱，既结婚又随随便便离婚，既生了他又抛弃了他，既抛弃了他又陡然想用金钱温暖他缺乏温情照耀的心。

这个孩子的恨没有化成长在身上的尖针，扎向任何一个试图靠近他的人，他的恨却化成一团硬冰，把自己变成冰里包裹着的一粒核，谁来都暖不透，谁来都摸不到，他在里面冻得发抖——他伤己，不伤人。

所以，即使工作之后，他也不肯恋爱，不肯结婚，而且不肯去国外探望妈妈，也不肯在国内陪父亲过春节，到生病的父亲打来的电话实在让他推托不过去，就连异母的小弟弟都出面劝说的时候，他才勉强回去一趟，却是待了五天，在外边和高中同学疯跑了四天半，回家只说了两句话："我来了。""我走了。"

说到底，还是恨啊。

我是在毫不知情的情况下请他给我当"卧底"的，我的小孩喜欢上网聊天，我请他这个名牌大学毕业的大学生以陌生人的身份加上她，既对她有一个监控的作用，又能替她树立一个奋斗的榜样。

我喋喋不休说孩子的"劣迹"，他在那边苦笑着听，然后说："我觉得，你们当爸爸妈妈的，太操心了。孩子哪那么容易就变坏了。"我只有慨叹他不养儿不知父母心，他在那头沉默。

再一次在网上给他留言的时候，我的小孩居然因为和她爸爸一言不合，吃了一整板西药玩自杀，大年三十，我们在医院度过，我的心情既愤怒又绝望，对他倾诉说十分羡慕丁克家庭，养儿不如不养儿，结果他说："唉，做父母的，不容易。"

　　这还是我第一次听他说这样温情的话，平时他都是既冷静又客观，把自己的真实情感隐藏进深不见底的黑暗。

　　昨天晚上，我派爱人星夜回娘家接来侄子的小娃娃，因为村里正闹口蹄疫，村里的小孩接二连三地死伤。小孩妈妈跟着一起来了，随行的还有一堆包袱，吃用俱全。我在网上跟他讲这事，他说："生养个小孩，真费心……"

　　然后今天，我收到他的留言，说母亲要回国看他，他答应了，问我50岁的女人喜欢什么礼物。我说你不要问50岁的女人喜欢什么礼物，你只问一个当妈妈的和儿子分别有年，喜欢什么礼物——你的一个拥抱，胜过金宫银殿。他沉默了一会儿，问："那，爸爸呢？"

　　"一样。"

　　现在，他应该见到妈妈，并且送上一个略显生涩的拥抱了吧，将来总有一天，他也会拥抱年迈的爸爸的吧？其实哪个孩子都是父母心尖的肉，哪个父母都是孩子心头的船，尘世漂染，泥滓俱尽，总有一天，儿女和父母会顶着和解带来的痒痛，坐在一起，诉说过往和余年。

百花深处

惭愧也是一种德行

　　"莎衫筠笠,正是村村农务急,绿水千畦,惭愧秧针出得齐。"卢炳的这半首《减字木兰花》翻成白话,就是青箬笠,绿蓑衣,挽着脚杆下田地,绿水千畦,哎呀惭愧,碧洼清波秧针细。本是活画出一片好光阴,可是奇怪,农人见禾苗整齐,正该喜悦,为什么要惭愧呢?

　　所以说他懂农人的心:撅腚向天,俯首向地,纷纷碎碎的汗珠子,这样拼死劳力赢得能预见年丰岁稔的好景致,却并不骄矜自喜,而最知惜福,好比是撒骰子,偶然撒出个好点子,便觉是上天眷顾,于是觉得难得、侥幸、欣喜,于是"惭愧"。

　　有惭愧心的人,每天总是问自己:"我做得好吗? 我有没有对得起别人? "没有惭愧心的人,却是会根根怒眉如针,一声声质问别人:"你做得好吗? 你有没有对得起我? "佛家忌"我执",皆因"我执"太盛,则天地间只有一个"我"字,"我"是最大的、最好的、最该得着的、最不该失去的,花也是我的,叶也是我的,世间金粉繁华俱都该归我,清风明月又不能白给了别人。有惭愧心的人则如会使化骨绵掌的高人,把"我执"一一化去,所以《遗教经》上又说:"惭愧之服,无上庄严"。庄严就在于,有惭愧之心的人觉得,花本不属我我却得见,叶不属我我也得见,金粉繁华哪里该有我的份呢? 惭愧,上天垂怜于我,我享受这些真是该惭愧的。

所以惭愧是自见其小、自见其俗、自见其弱、自见其短而自觉的红晕上了粉面。见高人圣者自然要叫惭愧，见乞丐行走路上而自己衣装鲜亮，也要暗叫一声惭愧，那意思未必一定是也要自己污服秽衣，不过是叫自己起惜福之心，知道悯恤他人；未必讨吃要饭的为人做人不如己，不过是天生际遇相异，所以万不可端起一个傲然的架势，从鼻尖底下看人；见人做了侠义的事、仁和慈悯的事，更要暗叫一声惭愧，因同样的事情当头，未必自己就能如人，或有心无力，或有力却无心，都值得惭愧；即便如人一样做了，也要叫一声惭愧，因惭愧自己不能做更大更好的事，好比一块布由于幅面所限，不能绣一朵更大的牡丹；抑或因了幸运，自己竟能成了大事，那更是要叫一声惭愧，因必定是有上天眷顾，才能成器，这一声惭愧，是叫自己把头低下来，不可因之多加了傲慢冷然杀伐之气。

读章诒和的文章《谁把聂绀弩送进了监狱》，聂绀弩发配到北大荒劳动改造，于1960年冬季返回北京。然后便不断有人主动将他的一言一行，一举一动都"积极配合公安机关"，告发检举上去。这些人都是他的密友，自费钱钞，请聂喝酒畅谈，然后将他的言行"尽最大真实地记录"下来；又有他赠友人的诗，也将里面的"反意"都抠出来，于是他便被抓，被关，被整，挨苦受罪。聂绀弩去世后，出卖他的人写怀念文章，那里面没有一点歉意。这些人未必不懂惭愧，不过却着实害怕惭愧，所以尽量不去惭愧。

惭愧，我不如他。

惭愧，竟见垂怜。

惭愧，当做之事未做。

惭愧，分外的福分竟得。

一切都值得惭愧。贾母祷天，未必不是因知惭愧而惜福。她虽待见凤姐，凤姐却是一个不知惭愧的人。她受了大婆婆的气也会羞得脸紫胀

而气恨难填,又因从她房里抄出高利贷的债券连累家运而羞愤欲死,却不会因贪酷致人而死而惭愧,所以她是无本的花,无根的叶,又如剁了尾巴当街跳踉的猴,虽是热闹,后事终难继。

一本书里解汉字"惭愧",说它是"心鬼为愧,心中有鬼也。斩心为惭,斩除心中之鬼,是为惭愧。人若知惭愧,常斩心中鬼,则鬼无处藏无处生。心中无鬼则问心无愧!"真是饭可以乱吃,话不敢乱讲,敢说自己问心无愧的,倒多半是大话,真值得惭愧。

惭愧是一种德行,好比一丝阴影,旷野骄阳下行路的一蓬花叶,直待我们"亭前垂柳,珍重待春风";也是藏起来的暗器,再躲也没用,不定什么地方和什么时刻,以什么方式,我们就会和它来一个猛烈的不期而遇——一箭穿心。

江静水澄如练

春暖花开,去看望一个朋友。

我们抵达,他已迎到楼下,化疗化到头发掉光,戴个帽子,瘦得像根弯着腰的绿豆芽。

他的家在我们城区最好的楼盘,家里明窗净几,阳光鲜亮。茶几上摆着果盘,果盘里盛着切成块的梨和剖成块的橙。还有饼干,还有烧饼,林林总总。

他还带我们去阳台上看面盆，里面是他和好的面，中午他要蒸豆包，蒸糖包。

他是食道癌。

坐下来攀谈，自言住院开刀，无法进食，看着别人吃咸菜都觉得是山珍海味。

尚是冬天，出院回家，想着不能就死，起码得撑到春暖花开，"这样弟兄们送我的时候，就不能冻着了"，一边说一边呵呵笑。

同行女伴不肯提这个"死"字，总是拣宽心的话说给他听，我却是看着他刀条一样的瘦脸，想着从前，一米八多的大个，四四方方像块厚板砖，于是宽慰的话就有点说不出来。

他却是对"死"字毫无忌讳，他说我现在活的每一天都是赚的，天天高兴。他说回来之后，还是吃不下东西，结果有一天晚上，实在馋了，试着吃了一小汤匙的鸡蛋羹，已经做好咽下去之后再返吐上来的准备，谁想竟然顺着食道滑下去了，堪惊堪喜。第二天晚上又尝试吃了两根细挂面，也顺着食道滑了下去，更是喜气重重。

然后就是现在这样了。茶几上摆着以前也许他觉得不屑一顾的平凡吃食，时不时拈一点送入口中，觉得真幸福。还猛力撺掇我们吃一点梨和橙，吃两片饼干，吃一块烧饼，觉得看着我们吃，也是幸福。

朋友一生打拼，事业有成，以前也许觉得能出名是幸福，能得利是幸福，能买房置业是幸福，儿女事业有成是幸福，自己得人敬重是幸福，现在，这些功利世俗的幸福和人间牵绊的幸福都已经不挂在心上，能吃两口饭，吃半杯水，就是最大的幸福。而能亲手做饭亲自吃，更是幸福中的幸福。

那么，我那一肚子安慰普通的绝症病人的话，面对一个不惧死也不忧生的人，也就不必说出。

临走前开口向他求了一幅字——他原本就是一个书法家。可惜此

前烟火气很重,所以3年前搬新家,思来想去,也没有敢向他求字,因为求来的字,不知道如何安放。放角落是我不忍,挂墙上是我不愿。如今却是一身尘气尽脱,他的字给我的感觉和他的人给我的感觉,就整个都不一样了,以前好比春花春鸟春气喧,如今却是一江静水澄如练。去年有几天心不静,爱看河边秋月。夜坐堤岸,水拍崖响,头顶一星,云鳞如梭,虫唱入耳,万籁俱寂。坐上一时半刻,便又有胆量回去直面万丈红尘。

明治时代的日本有位乐乐北隐禅师,有一天,对一个侍奉自己多年的比丘尼说:"你已经照顾我好多年了,很辛苦。今年过盂兰盆节的时候,咱们就告别吧。"

尼姑只当他在开玩笑:"老师父,您是要死了吗? 可是盂兰盆节的时候,大家都很忙,要为施主们作法事,那时候为您操办葬礼,我们会手忙脚乱的。"

北隐一听,好吧,那我今天就死吧。

尼姑说您着什么急呀,今天死,我们一点准备也没有呀。

"是吗? "北隐说,"那我明天死吧。"

尼姑笑着摇摇头,想着老师父真会开玩笑呀。

结果第二天正午之前,北隐禅师沐浴净身,盘腿而坐,唱起佛教歌曲《净琉璃》,众人俯首静听,万虑顿息,不知何时声渐不闻息渐歇,北隐禅师已振袖归隐。

佛陀圆寂前对哀哀哭泣的弟子们说:弟子们,你们为什么要伤心欲绝呢? 天地万物,有生有灭;大千世界,最大的实相就是无常。生死,聚散,荣枯,住坏,乃是万古不灭的定律呀。

《禅的智慧》的作者吴言生说,当一个人能够泯灭了包括"生"与"死"在内的一切对立,人生真的能够通达洒脱,左右逢源,处处皆春:"……自与他的区别云散了,就能领悟万物一体息息相通的情趣,培植无缘大慈、同体大悲的襟怀;生与死的矛盾化解了,就能打破生死牢关,来得自在洒脱,走得恬静安详,使生如春花之绚烂,死如秋叶之静美……"

那么,一个堪破生死牢关,握住幸福真义的人,也就与佛无二了吧。

(注:这位朋友已于夏末秋初往生——果然不肯冻着前来送行的朋友们。我亲爱的朋友,一路走好,一路走好。)

江湖夜雨十年灯

在古董摊上给朋友淘到一盏旧烛台,灰灰旧旧的陶瓷,上盘下座,以柱相连,盘中一个浅浅的凹圆,是用来坐蜡的地方,原始而简单。形制颇似最早时期的油灯。

小的时候,油灯是夜晚最亲密的伴侣。

冬天的农村冰天雪地,夜晚寒冷漫长,小孩子们缩在被窝里,竖着耳朵听婶婶大娘们讲古。房梁黑乎乎的,时不时掉一两穗积年的尘灰。一根长长的高粱秸秆弯成钩状钩住梁木,悬吊下来,下边是一盏晃晃悠悠的油灯。风从门隙窗缝吹过,小小的火苗猛一下子伸长、扭曲,呼一下冒一股黑烟。这时候,鬼狐仙怪也一齐登场……

小孩子们是要上夜学的。电灯也是没有的。一人一盏油灯,晚上点着,整个教室灯烛荧荧。时不时地会撒了油,湿了书。后来,我们就用玻璃的罐头瓶子,把油灯坐在里面,又轻,又亮,不怕风。而且灯光从玻璃

瓶里呈放射状地照出来,好看!林黛玉让宝玉打一盏她的玻璃绣球灯,无非就是一个玻璃瓶里,坐一根小蜡,光明有限,照不亮暧昧难明的路,遮不住秋风秋雨愁煞人。

最爱这4个字:掌灯时分。夜幕降临,一家家的灯火次第亮起,召唤归人,农人吆着牛回来,坐在门前,用褂子扇风擦汗,一边等着女人把饭端上来。小孩子也四散归家,凑到热锅跟前。一家人团团围坐,吃简单粗陋的饭食,说家常年景的话语,知道世界还是这个世界,征战杀伐都在古老的传说里,小孩子饭后呼啸飞跑,大人的心里安静、祥和。

千百年来,幽微的灯光直教人一唱三叹,意绪万千。它照过游子,照过征夫,照过文人学士,照过灯下女工。正所谓"邯郸驿里逢冬至,抱膝灯前影伴身","一卷离骚一卷经,十年心事十年灯","和衣卧衣参没后,停灯起在鸡鸣前。"。

灯又见证着幽情,虽然钱钟书说离恨是探照灯也照不见的,但是,好像灯又什么都知道了。知道你的孤独,知道你的落寞,知道你的难取难舍。真是"月落星稀天欲明,孤灯未灭梦难成"。

一灯如豆,照着多少人由青葱少年到耄耋老年,感觉自己的世界一天天老去,骨头一天比一天痛,眼睛看不清面前的路,外面雨声潇潇,自己灯下静坐,华发渐生,再也没有力气仰天长啸,只能回味金戈铁马,气吞万里如虎的当年,一片落寞,交付与一句"雨中黄叶树,灯下白头人"。

而长久思念的两人,一旦重逢,反而疑似梦里,一定要持灯相照,反复验证,这份情怀,情深似海。是你吗?真的是你来了吗?真不敢相信啊。"从别后,忆相逢,几回魂梦与君同。今宵剩把银釭照,犹恐相逢是梦中"啊。

停电了,家人已经安睡,时光静如流水。一个人孤灯独坐,仰在椅上,想着鲁迅先生"在朦胧中,看到一个好的故事",是的,一个好的故事。30多年的日日夜夜,曾经夜夜孤灯,也曾经烛影摇红;曾有仰天大笑出门去,我辈岂是蓬蒿人的豪迈之气,也有归去来兮,田园将芜胡不归的息隐之心。回望来时路,也有得,也有失。这一路行来,正应得一句话:"桃李春风一杯酒,江湖夜雨十年灯。"

少年时总是意气飞扬,到老来萧疏落寞。时光如毒药、如水藻、如青苔、如泥、如土。不是时光如毒药、如水藻、如青苔、如泥、如土,是心如毒药、如水藻、如青苔、如泥、如土。自己的江湖夜雨,也许正是别人的桃李春风,而当别人千杯万杯痛饮青春,我的暮年,正擎着一灯如豆,挟霜裹雪,扑面而来。

要的终不能够得到,不要的纷至沓来。花儿纷纷,谢了又开,蜜蜂闹嚷嚷飞舞,原来睡在青石凳上的香梦沉酣,只是一刹那间。转眼醒来,聚的已散。樱花常常在一夜之间迅猛开放,突如其来,势不可挡,然后在风中坠落,没有任何留恋。日本人称之为花吹雪。

灯下静坐,想起过往的时候,终于能够做到冷冷的,纯白,如刀锋划过记忆。

却无痛亦无伤。

绿窗明月在

钱钟书说,窗可以算房屋的眼睛,诚然。有门无窗之处,大概不适宜于人居处。现在的方玻璃满墙大窗,让阳光一点不剩地全照耀进来,灿

烂得人眼花,好像一个人藏不住隐私般的,也让人有些不自在。形质两胜,赏心怡情方算得好窗。

古时为窗,富贵人家抹油涂朱,蚌壳磨得半透明代替白粉纸。越到晚来,玻璃出现,黛玉送给宝玉雨地里打的小灯笼已经是一只小巧的玻璃绣球灯了,轻且亮,那钟鸣鼎食之家,窗子自然也更新换代,用明亮的玻璃代替了半透明的蚌壳。但是寒素人家仍旧以纸为窗,以至于如果想窥人隐私,只需舌尖一舔,就可破纸直观,内里人或正偷情,或正浓睡,或正密谋,或正龃龉,尽收眼底。古今多少事,都坏在多事人的一舔之中,或可言为都坏在蒙在方格小窗上的脆弱绵纸之上。

更有甚者,赤贫之士,无窗可用,只在墙上挖上一个窟窿,眼睛也似,终日价任它合不煞,黑洞洞的,外人或直窥屋内,内人可直视屋外。无奈之际,只好用一只破瓮,敲破了底子,塞在洞里,权为窗计,聊胜于无。君不见陈涉家就有此物。若不是瓮牖绳枢之子,家无长物之士,要头一颗,要命一条,再无多虑牵念,也不会想起来去拼得一身剐,振臂一呼,把那始皇帝拉下马来的。

即使不从哲学和历史角度来考虑,单单从审美而言,窗亦不可或缺。"窗含西岭千秋雪",严冬来时,肃杀萧条,大雪片片,落满窗外世界。窗内人看窗外雪,温馨中有清冽和天高地远,窗外雪睹窗内人,寒冰中有这一点温存。诗中有画,画中有诗。而我,则愿是那个独钓寒江雪的老翁,这扇含雪的窗,就是藏在我心里的家。那"幽窗冷雨一灯孤",让人想起来黛玉的秋窗风雨夕:"秋花惨淡秋草寒,耿耿秋灯秋夜长,已觉秋窗秋不尽,哪堪风雨助凄凉。"这时节,人含悲,窗含怨,泪眼怔怔凝视,窗容也觉惨淡不欢。这次弟,怎一个愁字了得!"绿窗明月在,青史古人空",窗这一个实体,又竟然成了人们透视历史的眼睛,浩茫缥缈的月光下,原来什么都会成空。于此看来,这"绿窗红泪,早雁初莺",也就让人格外伤感了。

这自然是骚人墨客亦或含愁女子眼中的窗，离恨总关情，情浓处窗也忝厣生情。

至于平常百姓，既不会如哲人般对窗而思，因窗而悟，也不会像文人般面窗而愁，倚窗而伤。旧时的窗，多是小格木窗，少有玻璃的。窗纸是粗粗的毛边纸，窗既小，且不透光，屋里总是暗无天日。只有到了过年时节，才狠狠心，把窗扮扮靓，从店铺里买来白白挺挺的粉连纸，挺挺刮刮糊在窗上，虽然屋里仍旧是暗，但窗美了，心情也觉得亮丽了许多。而且，杀猪、宰羊、磨豆腐、纳鞋底，做一家老少的衣服之外，当娘的还会在夜里盘腿坐在炕上给窗户剪窗花。到了年三十，把这些窗花小心翼翼的贴在窗上，一下子喜庆热闹扑面而来，好像听到远远的锣鼓声咚咚地敲响，新年的脚步随着美丽的窗子和上面的花朵，一步步走来了。

人常说，眼睛是心灵的窗户，诚然。人而有眼，真好像在脸上开了两扇小窗。白天呱嗒嗒一开一合，把外面世界尽收眼底，也把自己或有意或无心地展示给别人。晚上关窗睡觉，在梦里打开另一扇窗，上演或悲或喜或惊怪或火爆的大戏。

相爱的人，眼睛里是脉脉含情；仇人相见，则是分外眼红；对于飞扬跋扈的人，向来人们是冷眼相看的，正所谓"且将冷眼观螃蟹，看你横行到几时"。婴儿落地，没有荣辱纷争，没有利益攸关，没有爱恶情仇，心胸坦荡荡，所以眼睛里是一尘不染的清澈和平和，就像新年新房的新窗，敞亮干净；年齿渐长，忧烦日多，心机渐深，眼睛已经成了一潭深井，不能见底，房也旧了，窗也脏了，屋里也暗下来了。试想，假如有一天，满街的人流，无论老幼男女，都睁开着一双安详和善的眼睛，那么，这个世界上，大概就不会有战争、饥饿、灾害、贫困了吧。就好比新房新屋新窗户，在浩茫的月光散发着干净温润明亮的光泽，让人神往。

青花瓷瓶绣花针

一室俱静。

翻一本杂志。

听音乐。

第一次听《青花瓷》，"素胚勾勒出青花笔锋浓转淡，瓶身描绘的牡丹一如你初妆"，只觉得艳。素素的，像淡白的衫子上画一枝缀着红苞的梅，那种"淡极始知花更艳"的艳。

歌者再唱，底下一句一句，"天青色等雨，而我在等你"，"如传世的青花瓷自顾自美丽"，都是可以预想见的情思宛转；一直到"你隐藏在窑烧里千年的秘密，极细腻犹如绣花针落地"，一下张开眼睛，瞳孔尖缩似针，深处仿似看见一景，镜头摇近，特写，频速调慢，一枚细细的绣花针坠于地面，如落入时光，发出极微小的锵然一声，叮——余韵袅袅，涟漪阵阵，滔然心惊如浪。

就好比当初听《东风破》，每一到"谁在用琵琶弹奏一曲东风破"，"琵琶"和"东风破"竟是如此完美的贴合，好比一个好女子半背转了身，一手将水袖搭肩，另一手将水袖拖了地，千言万语装满腹，却是一个字也不肯诉，一颤一颤，如蜻蜓撼动袅袅的花枝，摇动人的心尖。

青花瓷、琵琶曲，传达的不是现世匆忙、斤两计较的爱意，而是绵远悠长的年代的脉脉凝思,那是时光如绸,绣花针在上面一丝一线绣出的牡丹花和回文诗。

时光又是那一只大大的青花瓷瓶,任由它芭蕉夜雨,霜冷长河,笔锋浓转淡,于它瓶身绘牡丹。

手里的杂志上满满的图片,埃及巨大的孟菲斯墓地,还有金字塔。古代的法老啊,端正笔直,端坐在山崖底下,两手规规矩矩放在膝盖,目光平视,不知道是什么引发他的千古沉思——而你那个狮身人面像又到底是个什么意思?

还有阿富汗的巴米扬大佛,差点被炮火轰成渣,那么高,那么大。你明明大有威能,为什么不肯保佑自己躲过这场劫?

还有以色列的圣城耶路撒冷,犹太人的圣城、基督徒的圣城、伊斯兰教的圣城,唯有它在人间享此殊荣。我却看得见陈旧的旧城和那堵被以色列人的眼泪浸泡的哭墙,看不见它的荣光。

还有安徽乡村田埂道上的目连戏,那扮演目连的男子,起码已有六十岁,惨白的粉底抹不平脸上的沟壑皱褶,大张的红唇看得见他的声嘶力竭。观者寥寥,而身前一个蹦来跳去烘托气氛的红发小鬼,和他一样的年岁,把同样的衰迈渗透了整张铜版的纸。

还有陕北的窗花娘娘,她剪的窗花,看得人"心悸",没错,就这个词。大大的眼睛,净白的脸儿,佛样地端坐贴在窑洞的墙面。额前流苏,身上霞帔,发上璎珞耳畔坠,处处都是花,春城无处不飞花,她的头上、脸上、手上、脚上、胸前、背后,一分、一寸、一毫、一厘,无处不曾飞满花。无一剪偷懒,无一处犯重。上和下不重,左与右不重,就连左袖上的花和右袖上的花,都是左边缠枝莲,右边铰牡丹。花与花缠绕漫卷,看得分明,却不敢看得分明,越看越摇动心旌,教人爱得心痛。可是她死了,无人继承。

还有泰姬陵,还有昆曲,是的,还有丽江。

我去过了周庄,却不敢去丽江。

到处是人，到处是电声光影，到处是伪饰的古雅，真正的细腻和悠远却无人继承，真正的寂寞和宏大却无人继承。它们都在，那么庞大，那么豪华，那么悠远，那么细腻，宛如青花瓷，被风沙、光阴、人心、浅艳的繁华与喧嚣寸寸蚕食，到最后只能淹灭进光阴，好比一朵灯花沉入水底，又好比青青的凉砖地上，一枚绣花针坠地，"叮"的一声。

午间做了一梦，梦见在家门口的小小的土坡上面浇水、种瓜，脑子里想起四个字：瓜瓞绵绵。梦里也觉得好，因"绵绵瓜瓞，民之初生"。大大小小的瓜爬满一地，子子孙孙无穷无尽，那是什么样的景象。

可惜我们的文化不是瓜，是针。一枚一枚掉落进光阴的青花瓷瓶。

"叮"一声。"叮"，又一声。

你看你看标点的脸

在一个小说里看到一句话："我就像个句号，没法儿表达疑问感叹或省略。"心里一动，像开了天眼，刷地一下，一排标点当前，我看见它们各自长着不同的脸。

叹号就像年青人，蹦迪、泡吧、玩轮滑、说脏话，要不就是热血煮开了，喊口号喊得声音都劈了叉，可惜下暴雨一样，激情一散，各回各家。热情的火焰燃个冲天，烧得越猛，熄得越快。

句号就是个扑克脸，央视的新闻主持人也是扑克脸，说不定就是私底下打球那表情都不会变，可是那不表明脸底下没藏着七情六欲。文字表达好了，情感铺垫到位了，一个句号能顶一百个叹号使。当然文章里全都是句号那也不成。"草帽。草帽。麦秆儿编。藤编。白色的草帽。黄色的草帽。新的草帽。半新半旧的草帽。破了檐儿落了顶儿的草帽。写了农业学大寨的字和没写农业学大寨的字的草帽。"这是我们本地一个已故的老作家当年调侃几十年前流行的意识流小说时仿写的一段话，吐啊。

顿号的间隔太短，用多了像打机关枪，于是有时顿号逗号皆可的地方我就用逗号了，当然实在避不过的时候，顿号还是要一顿一顿地上阵的："杀猪，煮肉，灌肠，炸丸子球、豆腐块，围着围裙，扎撒着油手，当当地剁馅，猪肉馅，牛肉馅，羊肉馅，扫地，擦窗，逛超市买烟、酒、瓜子、糖，大包小包往家搬……"短短一段话里逗号和顿号一起飙戏，为的是让人看着欢喜，像一地炮屑散梅红，小哥俩手搀手撒了欢地蹦。

说实话我还是很喜欢顿号的，跟弹簧兔似的；逗号就一豆芽菜，软软的，没什么脾气，你一逗它它就眯着俩眼儿笑；句号是个酷酷的终结者，怎么愤怒、激动、快乐，一个句号一封，得，就跟盖了张铁皮似的；叹号太夸张，用不好就显出外强中干的相；省略号太抒情，有点像琼瑶笔下磨磨叽叽的女主角，你要是不理她，她就给你哭个没完，嘤嘤嘤……嘤嘤嘤……破折号是个老学究，长着山羊胡，老想给人指点什么，用句现时流行的网络语言来说，好为人师神马的，最讨厌了，所以一般情况下都躲着。

其实我也就一句号的脾气，写文章也是面瘫式，用什么标点符号都循规蹈矩，不喜欢"？！"或者"！！"或者"！！！"或者"？？？"或者"…………"地用一堆，所以看见年轻孩子们写的网络小说里用这一堆我头疼。情多必滥，钱多也滥，人多更滥，撒谎骗人多了叫下三滥，符号多了也一样，一个字:滥。

有的时候四下里看看，人也真的就跟标点符号一般。有的人像问号，

时刻都想化身好奇宝宝，爱迪生、爱因斯坦神马的差不多就是这样的；有的人像叹号，就是京剧里的张飞张翼德，喝老白干，吃肥肉片；有的人像省略号，总让人看着别有深意似的，深意在哪儿，只有他自己知道。我就知道一人，钱钟书的《围城》里的，叫韩学愈，跟方鸿渐一样买了一个假文凭回国混事的，就敢夸口娶了个美国老婆，其实不过是在中国娶的白俄；夸口说"著作散见美国'史学杂志''星期六文学评论'等大刊物中"，其实不过发表在"星期六文学评论"的人事广告栏："中国少年，受高等教育，愿意帮助研究中国问题的人，取费低廉"和"史学杂志"的通信栏："韩学愈君征求二十年前本刊，愿出让者请某处接洽"。就因为他说话少，慢，着力（好掩饰他的口吃），听上去就上带着隐形的省略号，让人自动补齐他省略掉的内容为满腹经纶，是以做得了系主任——所以天下的事蛮难讲；有未竟之志的人也是一省略号，省略了什么，那就只有天知道，我到现在还记得一个文友去世前说的话："我刚琢磨出来写文章的路子了，结果就得走了……"大部分人还是清清淡淡的句号；小孩子是一个个的顿号，尤其排着队出现的时候，一个、一个、一个的，看着好玩死了。

要这么说的话，人这一辈子基本上也就可以用标点符号概括了：在娘肚子里是逗号，出生了是顿号，再大些化身成问号，再大些青春期了变叹号，再大些，看得秋风独自凉，省略号，再大些，俩眼一闭，驾鹤西去——句号。

你看你看，标点的脸，逗号长着山羊胡，问号挂着拐棍儿，叹号戴着耳坠儿，省略号是一串匀实的小呼噜，句号是个小子弹，凡事一般都由它给出个结局，一枪命中靶心，希望这个靶心只有两个字曰幸福。

鸟飞即美

环滁皆山也。

逸马毙犬于道。

以上不过是简洁的叙事，就好比上古传下来的"断竹续竹，飞土逐肉"。

而"鸟飞即美"四个字却是简洁的真理。

谁见过哪只鸟是飞的时候不美的？

无论是鹰展翅悬浮，还是像炮弹一样俯冲下来捉兔，你甚至可以看见它"咻咻"地响着把气流劈开时冒出的火花；还有燕子抄水，然后在嫩柳影里一掠而过；甚至是麻雀舞动着短小的翅膀"忒楞"一下飞起，再"忒楞"一下落下。

是的，鸟飞即美。

就好比花开即美。

麦稻扬麦开花，那样微小的花也好看。还有大豆花、棉花开的花、倭瓜花。

绒树花开出绒绒的丝，如果长长些，粉光脂艳，可以拿来绣枕套、袜子、裤脚、袖边、鞋垫、门前张挂的帘。

曼朵花有扁扁的籽，随便洒在土里，夏日一丛一丛地开，绉纸一样一串串串起在枝子上，是一首首深红粉白的词。

丰子恺说他不曾亲近过万花如绣的园林,看见紫薇花,或是曾使尚书出名的红杏,或是曾傍美人醉卧的芍药,可是象征富贵的牡丹,觉得不过尔尔——那不过是一个不爱花的人的偏见。

对了,还有蔷薇。

还有山药花,就是大丽花,红的像血,黄的像反光的腊冻石,白的是凝脂玉。一层层一瓣瓣,开这么好看,不累吗?

鸟飞即美,花开即美,猫动不动都是美。到处都是被我们从手指缝里、眼睛边上,丢掉、漏掉、扔掉的美。

这样的美攒不起来,当季而开,当季而萎,倏忽而来,倏忽而去。不过花开攒不起来,"花开即美"这四个字攒得起来;鸟飞攒不起来,"鸟飞即美"这句话攒得起来。

好句子会发光的。《旧戏新谈》里,黄裳说他看了戏《盗御马》:马被偷,传到梁九公耳内,梁九公大怒,第一个先骂了彭大人一顿,彭大人一回头大骂差官一通,差官恭送大人如仪,一转身就又挺直了肚皮,对着一排跪下的小兵大骂一通,最后只剩下小兵,爬起来一望没有可以出气的人,两手一扬,叹息而入。黄裳说由此可看出中国官场的那一套,"我推荐这当是京戏中的杂文",我觉得这句话甚美,像铁做的海胆,能当千斤坠。

还有一句话忘了从哪里得来:"人心似水,民动如烟"——我的心旌摇动,觉得被一个威严的帅哥威胁了一般。

所以说好句子还有气场,有的黯黑,有的明亮,有的让人神闲气定,有的让人神魂不安。

这种痴迷于花朵、飞鸟和美言美句的心理,一开始让我觉得极羞耻——思想的瓤不肯去讲究,为什么要贪看外面一层皮。然后看到汪曾祺的话,他说:"我非常重视语言,也许我把语言的重要性推到了极致。我认为语言不只是形式,本身便是内容。"真是知音。

世间最大之物不是天,不是地,不是宇宙,不是世界,而是言语。它是容器,命名了最大之物和最小之物的存在。若非它,天、地、宇宙、世界,都只是混沌一块,辨别不出来;而一旦命名了它们,它们便都在语言的包容之内。世间最小之物不是微尘、不是芥子、不是蝼蚁,也是言语,因为任何一粒微尘、芥子、蝼蚁都可以从语言的细网里捞出来,而一旦捞出,它们便个个都大过了用来命名它们的言语,微尘可观世界,芥子能纳须弥,蝼蚁有头脑躯干四肢,赤黄红白黑……

多么神奇。

夜读书,猛然读到一句"天真在这条路上,跌跌撞撞,她被芒草割伤"一句话说的我心伤。天真竟然会被柔软的芒草割伤啊,一根柔软的芒草就能把天真割伤。

鸟飞即美。谁说美丽的文字不是一只只鸟从天空飞过? 谁又能说一只只鸟从天空飞过,不是一个个美丽的文字? 若是成行便是句子,若是成阵便是段落,若是林噪雀惊,那是一篇野兽派的小说。若是天鹅起舞呢? 除了造物主,谁配得上写这样的诗? 他负责创作,我负责欣赏。

西湖边,东坡肉

西湖好。轻舟短棹,绿水逶迤,细草长堤,长亭短亭、长桥短桥。听雨的绿荷好,苏堤春晓也好,小小墓也好,"荫浓烟柳藏莺语,香散风花逐马蹄",无一不好。西泠下,风吹雨。西湖边,东坡肉。东坡肉也好。

　　南人以鱼虾河菜为食,北方的大白菜于此绝迹,煮个馄饨里面放的都不是大葱拍剁的葱花,而是用剪刀剪一点细如毛的香葱碎;吃鱼须挑刺,吃虾须去壳,吃蟹需用一套"兵器",一点一点挖来吃、抠来吃、敲来吃、剥来吃。吃饭如挑花绣帕,自来的一份细致。举头望明月,低头吃螃蟹,左手持蟹螯,右手持酒杯,这样的雅致食风,和处处白米、鱼虾,青蔬翠果的食料,养得南人眼神灵动,面皮滋润,软语吴侬,连吵个架都是商量的语气:"吾打你一个耳光看看好不啦?"所以大碗喝酒、大块吃肉的水泊梁山好汉行径素来为南人所不齿,而猪肉,尤其是大块猪肉,恐怕更不是南方的胃能够负担得起。

　　亏得有了苏轼。

　　苏轼老家四川和北地风俗无异,养猪食肉是天理,所以对猪肉既熟悉又热爱,他才会在被贬湖北黄州之后,发现一块新大陆:"黄州好猪肉,价贱如泥土。贵者不肯食,贫者不解煮。"也亏得他逸兴勃发,肯为肚皮下工夫,才发明流传后世的东坡肉:"洗净铛,少着水,柴头罨烟焰不起。待他自熟莫催他,火候足时他自美。"更亏得他有政绩、有才情、招人爱,明明先放外任到杭州,后来才被贬黄州,却被后人把黄州的"好猪肉"也迎娶回杭州,我才能在西湖边尝到盛名之下的"东坡肉":五花肉切大块,葱姜垫锅底,加酒、糖、酱油,用水文火慢焖。软糯似糖,晶莹如蜜,入口即化,甜咸各具其味。

　　且随行朋友食素,愈加便宜了我,吃肉又吃鱼——西湖醋鱼。

　　一条鱼从头至尾片成两片,打上刀花,沸水中略煮三四分钟,用筷子扎鱼的颌下,能轻轻扎入即捞出,鱼背相对装盘,浇糖醋汁。因不用油,只是调料和白开水,鱼肉又断生为度,故十分鲜嫩和本味。当天吃的是鲻鱼,肉嫩而细,宛如嫩春初花初阳淡晴的天气,真是平生第一新鲜美味。

　　南朝刘义庆《世说新语》里写张翰轶事:"张季鹰（张翰）辟齐王东曹掾,在洛,见秋风起,因思吴中菰菜羹鲈鱼脍,曰:'人生贵得适意尔,何能羁宦数千里以要名爵？"遂命驾便归。"又有范仲淹的诗："江上往来人，但爱鲈鱼美；君看一叶舟，出没风波里"。但是，转天吃到它的时候，却感觉肉略粗淡，味略腥膻，不及西湖醋鱼味美。或者是离开了西湖，就失了湖光山色的灵动之气，不是味道有了不对，是心境有了不对。

所以西湖是好的。它的好是疏朗细致亦为美，繁密歌吹亦为美，断桥残雪亦为美，红花艳柳亦为美。文人雅士可来雅集，吃一些清疏的果盘，好比《儒林外史》里的杜慎卿，把那些鸡鸭鱼肉的俗品都捐了，只是江南鲥鱼、樱桃、鲜笋、下酒小菜；士农工商凡夫俗子亦可热闹聚会，又好比《武林旧事》里记清明前后游人逛西湖："苏堤一带，桃柳浓阴，红翠间错，走索、骠骑、飞钱、抛球、踢木、撒沙、吞刀、吐火、跃圈，斤斗及诸色禽虫之戏，纷然丛集。又有买卖赶集，香茶细果，酒中所需。而彩妆傀儡，莲船战马，饧笙和鼓，琐碎戏具，以诱悦童曹者，处处成市。"走得饿起来，可以东坡肉、西湖鱼，猪油饺饵、鸭肉烧卖、鹅油酥……风卷残云吃做一堆。

人家看烟雨垂柳好江南，诗兴遄飞，我是俗人一粒，只晓得对着东坡肉流口水，却是同样倍觉西湖如此多娇，引人无数竞折腰。

青蔬香

溽暑六月，空气拧得出水。被几个文友拉去看荷花。

未到时以为是万亩荷塘，荷叶如盖，映日荷花别样红，花嘴上立着

红翅子的小蜻蜓;结果到了才发现:一个小小的地块,摆放着一列列的盆桶,盆桶里栽着小枝小叶的荷,小鼻子小眼睛,花如茶杯叶如钱。不过胜在年龄层次鲜明,有十二三岁的,抱着骨朵,只顶端努出一点红;有十四五岁的,乍开了最外围的两个瓣;有十七八岁的,绽开,正艳;有20多岁的,层叠重瓣,风情尽显;有60多岁的,残花败叶,不堪看。

我错以为是荷塘的地方,原来是一个同道的朋友办的农场,租了100亩地,一亩地60块钱,算下来年租只有6000,然后再把这100亩地分割成小块,各自分租,年租360元,算盘打得够精,收益也着实旺盛。

地块分剖,中间修了一条甬路,搭着架,爬满了藤,吊吊挂挂全是瓜。黄金瓜饼样,绿皮丝瓜周身起瓦楞,未成年的小冬瓜毛茸茸,还有一种瓜,比黄瓜粗,比丝瓜光滑,却吊着一个细细的尾巴,名字叫个"老鼠瓜"。

路两边全是菜。金红的西红柿,还青着的攒簇的朝天椒,长的圆的紫茄子。紫甘蓝、苏子叶、空心菜、油麦菜、香菜、莱菜——这个是音读如此,多年未曾见。小时候,每天我娘都叫我:"去,采点莱菜喂猪。"我就背上柳条小筐去菜园,园子里专门种的有一畦莱菜,叶片挺挺的,在清晨的空气里舒舒展展,不用割,用手一勒,一把菜就"采"到手了,断茎处有奶白的汁液,味苦。如今城里人家不喂猪,这菜分明就是人吃的。我贪心地采了一大把,准备也尝尝看。

满地畦的苋菜,白苋,茎叶都绿,野生。在南方朋友家吃过红苋,炒出来红红的菜汁,把米粒染得像是红琥珀,红玛瑙,红宝石。如今把这白苋掐回半袋,放重油蒜瓣一炒,也可拿来就白米饭。若是人多,还可以拿来包饺子,和肉馅拌一起,是大地散发出来的沉默厚重的香味。这次同去的兄弟们有志一同,都要吃苋菜饺子。已经定好计划,都来我家,拌馅的是谁谁,和面的是谁谁,擀皮的是谁谁。我负责煮熟。然后大家一起吃。

还有葱、蒜,嫩葱细长,散发辛香,长长的蒜苗甩在地上,是美人的发辫。

城里人种菜,撒籽即是,根本少打理,旺旺的长满地,每个人"偷"一堆菜回家去,我也如此,然后分期分批做来吃:

第一天炒的就是莱菜,洗干净,切段,放葱花、蒜片清炒,味道略苦,夏季酷热,正好败败心火。叶片柔软,竟是意外地好下口。第二天吃凉拌苏子叶,叶子紫红紫红,切碎,小青辣椒,切碎,蒜蓉、香油、精油,异香异气。朝天椒青嫩,用一把,留一把。第三天吃小辣椒炒鸡蛋。第四天吃油泼黄瓜,黄瓜拍碎,热油炸花椒,蒙头一泼,"滋啦"一响,放香醋、精盐。还有西红柿拌白糖。

真正的纯天然。

我是农村人,看着土地只觉得亲。认识一个寺院的维那,对我报他中午菜谱:豆腐,四季豆,青菜,黄瓜。我也听得馋。世上人,都是土里长出来的泥人,对土地有着天然的亲。西方一对夫妇,放着很有前途的时尚职业不做,回到农庄当了农民,照片上他们两个,穿着牛仔裤,在紫花苜蓿开成的花海里,头顶阳光热烈,脸上笑容和煦。

一个书法家朋友去世,给他撰了一副嵌名的挽联:玉魂已杳乘鹤去别苦去也,华魄早计踏云归纳福归来。云水归去,纳福天堂,这一生的人间苦处,他是再也不用受了。还有一个医生,得了癌症,不手术、不开刀、不治疗,辞职,每天只用药止痛而已,下到农村的广阔天地,徜徉、散步、沉思,向着生命的尽头缓步而归。我敬佩他。也喜爱这种生活方式,有朝一日我病有不治,也要照此办理。

在生命的最后时刻,病房的惨白的颜色一定不适合我,我愿意闻到泥土和青草、野花的香味,愿意用稻田里种出来的白米和后园手种的青蔬充填我的肠胃。到最后该过的生活已经过了,该品尝的滋味也都品尝,繁华在身后散落一地,意识盘旋而上,步步踏光,四肢百骸都暖洋洋,心头没有遗憾,下个尘世,我便可以再也,不用来了。

一 个作家的背影

我的家在河北正定,那里有我的父老乡亲。

正定卤鸡自古有名,黄里透红,颜色鲜亮,不破皮不脱骨,不塞牙不腻口。鲜,香,嫩! 正定烧卖也讲究:剁馅儿只用牛"中肋",一层肉丝儿一层花油,香;葱花、鲜姜、黄豆酱、花椒、大料、小茴香水拌馅儿,还必得用小磨香油。出笼用荷叶裹了卖,肉香、油香、荷叶香,满嘴清香,味道绝了!

这是 30 年前的事了。30 年后的今天,卤鸡还在,装袋密封,"送礼佳品";烧卖还在,可是水泊、水洼、大河、小河少了,红花、莲子、白花藕没了,想借点荷叶的清香就难了。豆腐脑也在,卤也在,不过一勺淀粉糊里漂两点碎香菜,金针、木耳、粉条、还有那俩大香油珠子? 对不起,早没了。

还有 30 年前的人。

一个姑娘酷爱看电视,村里只买得起一台 12 英寸黑白小电视,放在大队部搭起的高台上,她天天去看,如醉如痴,突逢停电,跳着脚喊:"点着蜡演! 点着蜡演! "

还有吆喝"煎糖糕"的王小眼,声音尖锐,如同汽笛,声波随着脸的转动覆盖全城。县城刚解放,空中时有敌机飞过,街长一听就发急:"别吆喝啦！"——怕他把敌机给招来。卖包子的翟民久，吆喝起来还有"包袱"："卖包子，大个儿的包子，吃俩就饱啦——再就俩卷子（馒头之谓也）！"

30年的光阴，把一个个鲜蹦活跳的人送进荒坟，也把金粉金沙漫天撒下，毫不留情地埋没掉写它们和他们的人——贾大山。

贾大山，作家，正定人。他的小说《花市》入选过中学语文课本，1980年，中国作协抽调各地崭露头角的青年作家，举办"文学讲习所"，蒋子龙、张抗抗、王安忆、叶辛……他也在其中。

同样是农民形象，路遥诚朴，陈忠实木讷，贾平凹绝顶聪明，他却显得"毒"，据同是讲习所学员的同学韩石山印象，贾大山一张脸红红黑黑，疙疙瘩瘩，眼睛眯成一条缝，明亮又阴鸷，老是在审视什么东西，短平头，方脑袋，像历史课本上画的朱元璋，一股帝王气，冥顽、持重、从容、嘲讽人毫不留情。老婆一个就够了："喜新厌旧，见一个爱一个，要那样，俺原来的妻子怎么办？西方鼓吹性解放，狗才性解放哩！"

他的文章土劲像赵树理，笔触干净直追孙犁，又谁都不是——他只是他自己。他的笔下字字不离正定。湘西是沈从文的故乡，北平是老舍的故乡，呼兰河是萧红的故乡，高邮是汪曾祺的故乡，正定是贾大山的故乡——他们是真懂故乡的人。

因为懂得，所以庄重。铁凝向大山约稿，稿子没约到，他怕拿出去丢人，却把她请进家里，给她做饭，意思就当赔罪："烧鸡和油炸果子都是现成的，他只上灶做了一个菠菜鸡蛋汤。这道汤所以给我留下了很深的印象，是因为大山做汤时程序的严格和那成色的精美。做时，他先将打好的鸡蛋泼入滚开的锅内，再把菠菜撒进锅，待汤稍稍沸锅即离火，这样菠菜翠绿，蛋花散得地道。至今我还记得他站在炉前打蛋、撒菜时那种潇洒、细致的手势。"

正定城里有大佛，"五层画阁碍云低，七丈金身可与齐。"大山信佛，

茹素又熬不住嘴馋,吃两个猪蹄,擦擦手到佛堂里告罪:"弟子贾大山心诚嘴馋,今天又吃了两个猪蹄,请菩萨宽恕!"正定城里有了他,好似含了一颗宝珠在肚里放光,他却分明不知自身重量,只修佛一样修心,养鱼一样养静。

这样的人按说应长寿,他却得了喉癌。当着人,他强撑起来有说有笑,没有人的时候,他就打自己耳光。毕竟不是神,不是佛,还是一个"众生"。众生纭纭,皆如此相。我为如来,也为此病。

1997年,贾大山病逝。

观其一生,他好像是一个还没有彻底从天然人变到社会人的不完全进化人,一个在世界上迷路和贪玩的小童,路上的砂石嵌进生命,把他硌得生疼,他却把它磨成光溜溜的珍珠,送给这个世界,说,"看,好不好看?"然后对这个正在痛哭的世界说:"来,笑一个。"

风雨琳琅,云封雾锁,他的人和文都渐渐消失。但愿有一天尘埃落定,诸神归位,这位土得掉渣、土得精致,亦"犁"亦"理"、非"犁"非"理"的作家,举袖振衣,踏上本属于他的一席之地。

"忙老师"的小花园

"忙老师"是我小学时的代课老师,快退休了才转正,刚转完正就退休,后来就没听见消息了——直到这次下乡偶遇。

为什么要叫"忙"呢？估计是出生的时候不是忙收秋就是忙收麦。农村人起名字都是随手拈。

这个老头儿个儿小小的,后脑勺上有个大梆子,还是奔儿喽头,像一个鸡蛋前头顶个鸽蛋,后头顶个鸽蛋,那叫一难看。走起路来还仰着颏,老像是在大白天里数星星,后梆子一顿、一顿的。一到点儿他就迈着小碎步往大槐树底下跑,解下钟绳来敲钟,"当——当——当——"于是下课下课,放学放学。

算了,一回忆就刹不住车。

这回下乡是去搞人口普查的,谁知道一脚踩进他的家。人老了,模样没有大改,尤其那个前奔儿喽后梆子,还跟缀俩鸽蛋似的。

当初他给我们上自然课,孩子们都不怕他,故意念儿歌:"鸡蛋鸡蛋壳儿——壳儿——栗凿栗凿凿儿——凿儿——",大家哄的一声笑,他气白了脸,我们被班主任大骂一顿。

然后,有一天,我们被胖胖的班主任老师带着,去忙老师家做客。

一处小小的院子,忙老师正忙着给夹新篱笆墙呢,见我们去了,拍拍手,笑呵呵地说:看我的篱笆墙,漂亮不漂亮?

我们一齐点头:漂亮,漂亮。

真的,忙老师夹的篱笆不是随便拿干枯的树枝一捆就算了的,是拿新收下来晒干了的玉米秸秆,一根一根排排站,拿草绳给整整齐齐编起来的,真精致!像绣花!玉米叶还在上面挂着,风一吹悉咧嗦罗,好像唱歌。

而且,墙根还种着好大一丛洋姜花!

外面是一大片青青的菜地!

绕着菜地的,还有一条清清的小溪!忙老师说那不是小溪,是小渠,开出来浇地用的。小渠里面铺着细沙,白沙,黑沙,扔块吸铁石进去,转眼就能吸得浑身像刺猬——黑沙里含铁。

忙老师说都进屋吧。

于是都进去了。

以前总觉得忙老师这人怪怪的,凭空想象他的家一定黑咕隆咚像山洞,他就是住在山洞里的黑妖精,结果进屋一看,多么好的阳光啊,透过他们家那种老式到了极点的方格木窗照进去,在对面的屋墙上都映出方方的一块,好像阳光又替他开了一扇窗出来。

我们都喝了他拿枸杞子泡的茶,甜丝丝的。枸杞子哪里来?村外就是大河滩,那里多着哪。星期天的时候,忙老师不是夹篱笆墙,就是拿小篮去摘枸杞子,确实是"忙"啊。

等一等,这是啥?

忙老师屋里那张老旧的八仙桌上,放着一个本子,翻开来,是画,寥寥几笔,极为传神。我看着看着叫出来:"哎呀,这不是二嘎嘛!"真的,看那眼神下睐,嘴角上挑的坏样!"哎呀,那不是你嘛",旁边的同学也叫起来,一边哈哈大笑,我涨红了脸,使劲打她:画上面真的是我,稀稀拉拉几根头毛,大奔儿喽头盖着眼,我回家路上没少被人家念:"奔喽头窝窝眼,吃起饭来捡大碗,不给大碗你就哭,给你大碗你就使劲儿舔……"

看我们喜欢,忙老师笑眯眯搬出一个大箱子,里面全都是这种廉价的白纸本,本子上全都是学生们的画像,不光我们班的,历年历届,全校的学生都有。一张,一张,又一张……

学生们沉默了。我抬头看窗外,怎么刚才没发现,忙老师的院子里,左一盆右一盆的,全都是花啊。指甲花、曼朵花、夹竹桃花、石榴花,这么多花。连他们家的砖墙的檐前滴水瓦,都雕着花。忙老师家是个大花园哪。

安徒生说他小时候有个小木盒,"里面盛了一点土,我种了一根葱和一粒豆。这就是我的开满了花的花园。"忙老师一生贫寒,学校就是他的小木盒,我们就是他种的葱和豆。

现在忙老师已经很老,他认不出我了,我的奔儿喽头好像随着岁月增长给磨平了,眼角也有了鱼尾纹,他也快80岁了吧?大院子明光锃亮,充满阳光,草花还是开得蓬勃旺盛。我没引他怀旧,不知怎的,怕他问:"黄毛丫头,这些年,你都干了些什么呀?"那,我又该怎么说呢?说我虚度四十,一无所成?走的时候回头看,忙老师瘦小的身影弯腰在一棵花前,鼻子都快杵进花心里了——在闻那花香,脑后那个"梆子"还清晰可见。忙老师,你还记得当年那开满了"花"的小花园吗?

___钵了却谁的浮生

李叔同"二十文章惊海内",会作诗、会填词、会书法、会作画、会篆刻、又会音乐、会演戏……这个世界上,还有什么是他不会的?

鲁迅、郭沫若也以得他一幅字为无尚荣耀;他作的《送别歌》,"长亭外,古道边,芳草碧连天。晚风拂柳笛声残,夕阳山外山……"我毕业的时候还在唱;这样的歌就是诗了,他的诗怎么又能不好:"梨花淡白菜花黄,柳花委地芥花香,莺啼陌上人归去,花外疏钟送夕阳。"连他给友人夏丏尊的画随便题两句话,都好得不行不行的:"屋老。一树梅花小。住个诗人,添个新诗料。爱清闲,爱天然;城外西湖,湖上有青山。"(《为题小梅花屋图》)

可是一入佛门,以前种种,譬如昨日死,今后种种,譬如今日生。叶

圣陶谈弘一晚年书法："就全幅看，好比一位温良谦恭的君子，不亢不卑，和颜悦色，在那里从容论道。……毫不矜才使气，工夫在笔墨之外，所以越看越有味。"就像一道虹敛去七彩，白气藏身天地间，非为字变，实则人变。当了和尚，字也有了一颗为僧为佛的心，自然是"刊落锋颖，一味恬静"，美，却美得平淡。

就如他这个人。初始华丽，剃须裹腰在舞台上扮茶花女，如今却是面容清癯，眉目疏淡，一个过午不食、行脚度世的老和尚。就像一蓬烟花"啪"地炸开，整个天地都为之增了色彩。眼看着亮了，更亮了，大了，更大了，圆了，又更圆，然后暗了，又更暗……整个人生就这样由绚丽归于平淡。

庄子讲天地有大道，却是一定要做到"无己"，成为"至人"，才能得之。世事不再关注，生死不再思虑，贫富得失不是挂在心尖上的事，形如槁木，心如死灰，游于宇内，有时候真是快乐过形鲜体美，心嫩得一掐一股水，一根针插上去都流一股血。

可是，要想得到大道的快乐，却要能熬得过剐骨剔肉的痛苦。剃度后，与他有过刻骨爱恋的日籍夫人伤心欲绝的携了幼子千里迢迢赶到灵隐寺，他铁石心肠，竟然连庙门都没有让他们进，妻子无奈离去，只是对着关闭的大门悲伤地责问道："慈悲对世人，为何独独伤我？"

他用剐骨剔肉的痛苦，置换了真正的自由。很多时候，我们想这么做，却不得不那么做，想这么说，却不得不那么说，想取甲，又舍不了乙，得到了丙，又被丁吸引……一颗心其实是没有自由的，自己不能，不会，也不肯给自己自由的。可是他却给了。想做什么，就去做了。想扔掉什么，就扔掉了，想捡起来什么，就捡起来了，想追逐什么，就追逐。即心即佛，在他这里算是贯彻得彻彻底底了。

一切他都舍得，因为他觉得他将来得到的，比这些将要丢弃的，值钱的多，值得的多，所以就这么干脆利落地扔掉俗世一切，只为追求心中那一点萤火。至于追到之后会不会失望，管它呢，追到再说。就像喝酒，丰子恺讲李叔同的酒量大，必须喝高粱酒才过瘾，而我们通常酒量大的人，其实却是酒量最浅，喝一点花雕就开始晕晕然地上头。

我们对于追求自由的人一向是敬仰的。自身是燕雀，怎不羡鸿鹄？林语堂说："他曾经属于我们的时代，却终于抛弃了这个时代，跳到红尘之外去了。"张爱玲说："不要认为我是个高傲的人，我从来不是的——至少，在弘一法师寺院围墙的外面，我是如此的谦卑。"

赵朴初评他是"无尽奇珍供世眼，一轮圆月耀天心。"其实他才不要当什么奇珍和明月，他不过是为了自己的心罢了。所以他出家也不是为的当律宗第十一世祖，更不为的能和虚云、太虚、印光并称"民国四大高僧"。弃家毁业不为此，大彻大悟不消说。那些虚名，他是不要的。真实的他，63 个流年，在俗 39 年，在佛 24 年，恪遵戒律，清苦自守，传经授禅，普度众生，却自号"二一老人"：一事无成人渐老，一钱不值何消说。

1942 年 10 月 13 日，弘一写下"悲欣交集"四字。三天后，沐浴更衣，安详圆寂。"问余何适，廓而忘言，华枝春满，天心月圆。"一钵了却他的浮生，他的粗钵里盛满自由。

寒来千树薄

百年老课文

逛书店，买了一本书：《百年老课文》，封面很喜欢，不是流行的花红柳绿，而是黄黄旧旧，麻纸一样，宛如逝去的老时光。

翻开内容，才发现"老课文"，原来真的是很老了，老到让人诧异：当时何以要选这样的文章来作课文呢？

朱自清先生的文章历来在课文中必不可少，从《春》《绿》到《荷塘月色》《背影》，写景有其妙，写情达其深，该朴实处朴实，当清丽时清丽，但何以这些文章都不选，偏偏要选这两篇——《扬州的夏日》与《初到清华记》？

这两篇文章文笔都直白得让人遗憾，琐碎如流水账，这里那里都可增可添，此处彼处又似乎可删可减。假如不注出处，不写作者，单单拿出两篇文字混同在文字的汪洋大海里，恐怕没有哪个愿意多瞧上两眼。"好演员人捧戏，差演员戏捧人"，看来文章之事也是这个道理，有时人以文贵，有时文以人贵。

大约朱自清一代文人所处的时代，新文化刚刚兴起，擅长写新式文章的人不多，所以偶出一个，就光华灿烂。一篇文章假如诞生在新式文字少到可怜的时代，就会逗引起许多人的兴趣和关心。假如诞生在我们这个文字极尽奇炫华丽的时代，恐怕听不到一个响声儿，就没了。

钱钟书先生说过，"把整个历史来看，古代相当于人类的小孩子时期。先前是幼稚的，经过几千百年的长进，慢慢地到了现代。时代愈古，愈在前，它的历史愈短；时代愈在后，他积的阅历愈深，年龄愈多。所以我们反是我们祖父的老辈，上古三代反不如现代的悠久古老。"的确如此，所以我们看前人的文章，其文笔辞藻有时远不如今人炫目，或说古而简，约而清，也是一种风貌，这自然是有它的道理，但是古而简，简而不深；约而清，清而不厚，这就失之于平淡无聊。哪怕它是名人写的文章，明明没有滋味，也未必非得要说读着它如吃着龙肝凤髓。

但是，这样的文字平淡归平淡——我们不能要求一个过去的人能够写出今天这样炫奇耀眼、大胆出位的文字，但是，这些寂寞文士的文字最超出人上的地方不是文采，而是字里行间的静气。这种静气里，蕴含着一个失落的、再也追不回来的世界。

在那个世界里，朱自清先生这样的文人如吴组缃先生所评价的那样："他不是那等大才磅礴的人，他也不像那等人们心目中的所谓大师……他的为人，他的作品，在默示我们，他毫无什么了不得之处。你甚至会觉得他渺小、世俗。但是他虔敬不苟，诚恳无伪。他一点一滴地做，踏踏实实地做，用了全部力量，不断地前进，不肯懈怠了一点。也许做错了，他会改正的；也许力量小了，他会努力的。"这是纯粹还原朱自清先生本来面目的文字，和朱自清先生的文章一起，还原出一个大时代里一个自甘寂寞而不懈努力的文人。这样的人写出来的文字，也许不使人喜，却让人尊。

对于时代的进程，清醒的人有足够的自知，萧乾对于包括他自己在内的一个时代的文学作品所处的地位也有一种超乎常人的清醒："十年前一篇被人称誉的小说今日重印了出来多么幼稚可笑……如果十年前的杰作已是羞答答地立在今日作品面前，十年后我们能抑制新作的萌芽吗？"

是的，不能。文字如同开满小花的青青草地，总吸引一代又一代的

人在上面奔跑、跳跃、打跟斗、竖蜻蜓,跌跌撞撞,试步如婴儿,一定要领略这里的绝美风光,所以才会迎来文字的一个烟花盛放的新时代。

一个时代过去了,曾经绝美绝静的人间四月天已经不见,取代它的是一派热闹与喧嚣,浮华与鼓噪。而且,我们这个时代也终成过去,大浪淘沙,不知道会剩有多少圆溜溜的珍珠,点缀我们这一段历史的夜空。

___ 床明月半床书

又是深夜,目睹光阴寸寸老的,仍旧只有我和书。

"谁锁住了茫茫大海千百年的惊涛骇浪,谁围堵着世道人心瞬息间的万变江河……"泰戈尔的话读得我惊心动魄,抬头看书架上一排排静默的书,好像都活了:黛玉嘤嘤啜泣,斯佳丽把花瓶高高举起来,穷小子于连脸色苍白,拿剑威胁污辱了他的千金小姐;五丈原上孔明强支病体,令左右扶上小车,出寨遍观各营。自觉秋风吹面,彻骨生寒。乃长叹曰:"再不能临阵讨贼矣!悠悠苍天,曷此其极!"孤独的哲学家在我的耳边整天说着让人听不懂的话;忧郁的诗人向所有人宣布从明天起要做一个幸福的人,面朝大海,春暖花开;寂寞的小说家把自己变成一只再也走不进人的世界的大甲虫;而《百年孤独》里一场毁灭一切的风暴正席天卷地而来……

《世说新语》是磊磊之石,萧萧之树;《黄河边的中国》里生活着民生艰难的乡亲父老;《荆棘鸟》里一只追梦的鸟高声唱歌,胸前插着棘刺,鲜血一路滴落;柏拉图向我绘声绘色描述他的理想国;直到现在,如果心中有大疑惑大不解,我还是会背诵《心经》以安心神:"依般若波罗蜜多故,心无挂碍,无挂碍故,无有恐怖……"

按我的理解,书就是一个人的思想穿上语言的外衣,栖居在纸做的房子里。董桥先生说人对书真的会有感情,我也是——我对书的感情不可与人言说。男人爱书会把书当成女人看:字典类参考书是妻子,诗词小说是艳遇,学术著作是徐娘半老,非打点十二分精神不可解得,而政治评论、时事杂文,不外青楼姑娘,亲热一下,随看随撂……女人爱书又会把书当成什么?

我爱书倒未必真会把书看得如同形形色色的男子,不过是视书如米,我就是那只终日孜孜矻矻偷嘴吃的老鼠。真的,黄庭坚说三日不读书,便觉语言无味,面目可憎,我一日不读书,便觉胃肠空虚,饥饿难耐。饿到极点,只要有字的纸片,且拿来看一看。哪怕一个词语,都是活蹦乱跳,流转生辉:棉花、阳光、汗水、故乡、生命、土地、慈悲、智慧、哲理……全都让人心柔软,眼中落泪。阿兰·博斯凯说:"在每个词的深处,我参加了我的诞生。"是的,就是如此。

读书自然要读好书,好书是语言和思想的完美结合,是内心和外在的和谐统一。一个语言学家说:"思想如果是通过语言来表达的话,那么语言也会反过来重塑我们的思想和信念……语言看似是由一些没有生命力的字词所组成,但她却是刮起心灵风暴的原动力。消极的语言会让人在这风暴中沉沦和毁灭,而积极的语言则让人产生内在的不可战胜的力量。"别看好书不说话,每一个字都沉默不语,它却是打开心灵之门的钥匙,提升精神境界的云梯,能把人切割打磨成坚硬通透的钻石。

我是一个沉默安静的人,早已习惯投身纸牢,领会宁静的风暴。外面世界多么精彩,叶子正绿,花儿在开,我却一盏孤灯夜读书,不知今夕

何夕,任凭寒风凛冽,一场天命中的大雪纷纷扬扬把我掩盖。书一翻开,我又好像浪迹天涯的游子拖着困乏疲惫的双腿走到一个桃花盛开的所在,听主人说一些年代久远的闲话,领略一番金戈铁马气概,远远的地方还有不知道哪个人在唱着西风紧,北雁南飞,晓来谁染霜林醉。虽然抬起眼来,横在面前的还是一个吃饭穿衣,升迁调离,爱恨情仇的世界,不过,我烦了,厌了,尽可以转过身,隐入自己的洞天福地。

从小到大,粗糙的现实已经把梦想打击得七零八落,种种身份皆不由我,只有一种身份始终被我坚持着——我是一个读书人。生于智者达人之后,活在令人目眩神迷的方块字里,极目望去,生命之路两旁绿荫如盖,繁花盛开,烟封雾锁一万株,烘楼照壁红模糊,全是那读不尽的好书。"在这个躁动的时代,能够躲进静谧的激情深处的人确实是幸福的。"

我不敢说今后永不迷路,只希望一本绝世好书能做我最有力的救赎;我也不敢想将来行到哪里,也许只有一床明月半床书才能解决我最痛切的孤独。

驯养一本《红楼梦》

我22岁那年把这本《红楼梦》买回家,它是人民文学出版社出版的,封面有淡笔勾描的山石花树,一个姑娘扶着花锄,背面侧身亭亭而立;封底是宝玉项戴宝玉,面如敷粉,唇若施朱,站在一个神秘的地方,有风从背后吹过,大红衣裳衣袂飘舞。他低头在读一本册子——围绕着他的,是些女子:有穿着水田衣、执着拂尘躬身下拜的;有盘膝坐在蒲团上双手合什的;守着一盆兰花闭目垂头的,坐在纺车旁边、布帕包头的;被一只饿狼追扑,躲闪不及,掩面任其吞噬的;葬花的,黄袍着身、与龙相伴的……

当初很新的,白白的纸薄薄亮亮;五号字不大不小,正合眼缘;下边小字注释密密的一行一行。到如今整本书不知道读了多少遍,又用笔一遍遍勾画在不同的地方,像水纹一样铺了满纸满张。

第一遍沉醉于宝黛的爱情,读到柔情的语句不觉心动,勾画出来以警人;第二遍开始放眼宝钗姑娘;第三遍喜欢上了公子小姐们穿的衣裳吃的饭;第四遍,喜欢上贾府的厅堂楼舍、繁花嫩柳、檐前铁马、园中蔬果。潇湘馆前的千竿竹翠、怡红院的细腻精致、蘅芜院的奇草仙藤、秋爽斋里一囊水晶球的白菊、娇黄玲珑的大佛手、高大的拔步床,还有稻香村里的鹅儿鸡鸭,佳蔬菜花,漫然无际……第五遍,看那些丫头奴仆怎么伺候主人,那些贵族男女怎么待人接物;第六遍,钗黛谈禅警宝玉,到这一遍,才算抓住全书的精髓,懂了"好了歌"说的是什么。看来看去,整本书演义出来的,只不过一个"空"字罢了。到了第七遍,爱上下面的注释,比如什么是"三生石"、什么是"纶组紫绦"……

第八遍才把目光放进后四十回。觉得有些狗尾续貂,可是尾巴上总归有些毛。里面有些回目和片断,其实着实写得好。黛玉病中情景,咳嗽不止,天尚未明即醒得双目炯炯,外面鸟儿啾啾唧唧,窗子里透进一派清光。她躺在帐子里,萧条冷落的大观园种种声响都入耳入心;将死时直着脖子叫"宝玉,宝玉,你好——";宝玉出家,微微的雪的清光里,披着袈裟,对着贾政拜了四拜,脸上似悲似喜。

……

光阴滔滔如水过,转眼十几年。它老了,我女儿大了,我好慷慨大

方的：

"姑娘，给你，妈送你了。"

送走它才知道，没有它的心里空落落。想起来，哪一页说的是些什么，哪个地方有我的批注，哪个地方是我用什么颜色的水笔细画的，我都记得。

本想再买一本的，可是一本全新的、陌生的《红楼梦》，难道还要我再用十几年的光阴把它养熟么？

后来女儿说，妈，我看不懂。我欢天喜地，幸灾乐祸："好啊好啊，你看不懂就把它还给我吧。将来妈妈给你买更好的！"

于是它又回来了，虽然中了马大哈小孩的面目全非脚，但是看见它，就想起那句杜拉斯的话："较之你年轻时的脸，我更爱你此刻饱受岁月摧残的容颜。"

中午睡觉，我家那只怒猫正毛发竖立地和什么搏斗着，尖利的牙齿咬得悉悉索索，像鬼啃死人骨头似的。漫不经心扫一眼，继续睡觉，一秒钟后震惊地把眼睛瞪大：我把《红楼梦》放床上了，侧封的布面已经咬得毛毛边边的。赶紧赶开猫。开玩笑！以后的几十年，我还要指着它过呢，咬坏了你赔我？

小王子和狐狸的故事，是人人都知道的。我把它驯养的同时，它也把我驯养了，彼此都是用时光浇灌的。

这本书的扉页上还有我当初写下的四句诗："世人谁知此中愁，花自飘零水自流。往事依稀浑似梦，都随风雨到心头"。紫色水笔写的，不好看，太飘了，人与笔皆嫩，如今则人与笔皆老。那时的心情早烟消云散，现在读来只觉牙酸，这字却还在呢。想想也有十六七年了。这个世界上，总有些东西是消散得慢的。

淘气文人

"石山者,韩姓,临猗人也,少聪颖,喜读书。及长,善横舞。夜,欲尿,以面盆接之,朗朗有声。"

这段文字有趣,字里行间溢满司马迁式的庄重和钱钟书式的淘气。被写的人叫韩石山,写他的人叫贾大山。1980年,中国作协抽调各地崭露头角的青年作家,举办"文学讲习所",他们都是学员。北京的冬夜既长且冷,厕所距宿舍太远,如厕叫人头疼。韩兄夜晚打死不出门,洗脚水不肯倒掉,晚上小便就尿在脸盆里。第二天早上倒掉涮涮再洗脸。被人笑骂,照尿不误。是以才会有贾先生开头的"朗朗有声"。

最淘气不在此。那个时候,社会上作风保守,但是文讲所的学员们思想开放,学习跳舞如醉如痴。于是,韩先生看人家跳舞之后,回来就说,跳舞也实在没有什么了不得的,它的基本动作与男女交合相仿,不过这是竖舞,那是横舞罢了。结果就被贾兄曰其"善横舞"。

这样文字读来如嚼橄榄,越嚼越有味,就像林黛玉俏语谑娇音,封刘姥姥"母蝗虫",打趣惜玉画大观园辛苦,"又要研墨,又要蘸笔,又要铺纸,又要着颜色,又要……又要照着这样儿慢慢地画。"淡处着笔,曲径藏幽。

20世纪80年代,文学界流行意识流。文讲所结业的时候,全班开讨

论会,谈各自创作。还是这位贾大山,他说本人最近研究意识流小说颇有心得,也试写了一篇,读给大家听一听,以求得指教。小说的内容是描写一个水利工地上开学大寨动员大会的场面:

"草帽句号草帽句号麦秆儿编句号藤编句号白色的草帽句号黄色的草帽句号新的草帽句号半新半旧的草帽句号破了沿儿落了顶儿的草帽句号写了农业学大寨的字和没写农业学大寨的字的草帽句号……"

大家起先凝神静听,以为他在文讲所真的有了长进,想闹点假洋鬼子的把戏,渐渐地听出点味儿,终于哄堂大笑。他还在那里一本正经、有滋有味、不断"句号句号"。

骂人不带脏字,幽默不流于狎亵,非特聪明的人不能办。所以当年贾大山以一介老土农民的身份进北京,却没有人敢轻看。一方面是他的小说《取经》一出手就拿首届茅盾奖的大奖,《花市》入选中学语文课本,另一方面就是因为他太聪明。

你看开头这段"史记体",多经济,多有趣,多得司马迁老先生的真传,多帅! 余怀的《板桥杂记》里有一段说艳妓寇白门到了美人迟暮,一度跟过扬州某孝廉,不得志,又回金陵。"老矣,犹日与诸年少伍。卧病时,召所欢韩生来,绸缪悲泣,欲留之同寝。韩生以他故辞,执手不忍别。至夜,闻韩生在婢房笑语,奋身起唤婢,自数十,咄咄骂韩生负心禽兽,行欲啮其肉。病甚剧,医药罔效,遂死。"董桥说,余怀简直是用司马迁那样经济的文笔写人写情,生动极了。

这样一想,真是生动极了。

贾大山,河北省正定人,已故作家,我的老乡。平生写作不多,仅存五六十篇小小说,文笔精短、雅洁、美好。现在的作家,写手,试问写得出这样的妙文乎? 世风浮华,文风也浮华,时下文人的笔下种种的热闹、做作、矫情、花哨、肉麻,而在老人们的文章中,这些全都没有,有的是静气、憨气、痴气,和咕嘟咕嘟往外冒,抑制不住的淘气。

文字如花,也要有人解语,否则就成了牛嚼牡丹花,那是多么大煞风景的事。我幸运,大山好比沉香亭畔杨贵妃,我当了一回醉酒挥毫的解语人。

寒来千树薄

文字丰俭厚薄,与年齿相关。你看时尚杂志上盘踞着的那些年轻人,文字丰绒厚密,渗得出油:

"那么渴望一个人却永远得不到,令人无限寂寥……现在呢,现在仍然喜欢时不时买件不需要的衣服,打开衣橱,各种衣服琳琅满目地挂在那里,似无数后宫佳丽。一件衣服一季也不过穿三两次,她们美丽着,等待着,服装同主人一样,也有她的寂寞。"

这必是一个年轻女人写的文字。若是到了40岁,渴望一个人的情怀没有了,寂寥变成亘古洪荒的原生世界,也就不再觉得寂寥有多么郑重其事了,这样的文字不但不会再写,怕是读都没有心情读了。

说实话,若是到了35岁以后,还写一些味道浓烈的情感故事,就有一股假气、虚气,好像秋天的树,叶子掉了,勉强粘了一树假叶子,翠得叫人生疑——文字的路上,年龄真是一个回避不得的问题。

春天的树明晃晃带着金丝,夏天的树丰厚得一把抓不透,寒来叶落,千树俭薄,文字也是如此。所谓"寒来千树薄",只要寒来,千树就当薄下去;也只有寒来,千树才有必要薄下去。文字有它自己的丰盛到凋落

的规律，勉强不得，也强求不来。是以寒来千树薄的下一句才会是："秋尽一身轻"。

若是 35 岁以前，写出的东西很淡很淡，淡如白描小品，那这个人不是仙，就是鬼。你看张爱玲写小说，纯是白描笔意，读来鬼气森森，凉到脚底。只有到了年龄的秋天，把无关的枝枝叶叶全都自觉省去，剩下铁一般的枝丫直指高而远的蓝空，这时候的轻，才真的是轻，轻里有物，轻里有意思，像精华尽融于斯的高汤，小口小口地品，受用无穷。那感觉就像汪曾祺的《受戒》："她挎着一篮子荸荠回去了，在柔软的田埂上留了一串脚印。明海看着她的脚印，傻了。五个小小的趾头，脚掌平平的，脚跟细细的，脚弓部分缺了一块。明海身上有一种从来没有过的感觉，他觉得心里痒痒的。这一串美丽的脚印把小和尚的心搞乱了。"轻轻淡淡的一行行文字，把读它的人的心，也轻轻易易搞乱了。

而到了张中行先生这样的年纪，一切装饰都是无用，生命的真实面目已经在这里，没必要再装饰。一切都是白描，如素着一张脸唱一出清淡的戏，连情节亦是没有，但却是很美丽。先生在沙滩红楼一带见到门巷依然，"想到昔日，某屋内谁住过，曾欢笑，某屋内谁住过，曾有旧痕"，看到大槐树依然繁茂，不由暗涌"木犹如此，人何以堪"。经过邓之城故宅，"推想那就是《古董琐记》的地方，十几年过去了，还有什么痕迹吗？"用情深切，掩在平淡简薄的三言两语之后，叫人恻然低徊。

繁不易，需要厚厚的人生与阅历。简淡更不易，需要人生与阅历之外的悟与解。悟到了，解开了，看淡了，一切不平都是平了，手底下，就流得出简淡有味的好文字。中国画家素养越深画境越淡，总是要求逸笔草草，不求形似，聊以自娱，元代倪瓒之笔简意远，追摹的就是平淡天真。此种境界殊不易得，功力未到而故作生硬姿态，笔墨往往板滞不畅，就是这个意思。而白描的文字给人感觉也就是简淡与天真，它又恰是为文第一义，正所谓"何须浅碧深红色，自是花中第一流。"

小姐的绣房

　　看一篇文章,写母亲一生的善良、乐观、坚强。既是为人子女数十年的贴身见证,很该成就一篇让人惊泣的好文章。可惜长长的一大篇,如同急行军,一字字只是陈述事实,仅有骨架,少血失肉,如同骷髅。唯一一处动人的地方,是因为老伴骤丧,母亲成了孤鹤,茶饭无心,瘦成一根竿子,出门的时候吓人一跳,于是她就愧疚:"看我这么丑个娘,给你们丢人了。"这句话如同沙砾里的珍珠,烁烁放光。

　　好题材写不出好文章,如同好陈设摆不出好阵势,可惜得很。

　　贾母带着刘姥姥游历大观园,顺便到几位公子小姐的房里看看。宝钗的屋里极朴素,像一篇明清小品,又像一个小姐素着一张脸,所以她就不同意,说了一个论断:"我最会收拾屋子的,如今老了,没有这些闲心了。他们姊妹们也还学着收拾的好,只怕俗气,有好东西也摆坏了。"恰合为文之道。

　　年少的时候,写文章不讲内容,只拼命堆砌辞藻,如同把龙章凤质的好装饰:佛手啊,比目磬啊,青瓷白瓷的瓶,八大山人的画,这里那里摆得满屋子都是——有好东西也摆坏到俗滥。到老来开始崇尚雅淡为文,处处清简。只是雅淡不是贫寒,不能四壁徒立,一屋皆空。哪怕很爱素净,水墨字画的帐子是要的,墨烟冻石鼎、石头盆景儿和纱桌屏也是要的。

哪怕这些全不要，一个土定瓶也是要的，几枝菊花也是要的，否则，文章的气就弱了，看去土木形骸，不成格调。

胡兰成的文章如同贾宝玉的屋子，金笼纱帐，赤壁辉煌。寻常人客来往，邻妇含笑说话，母亲在厨煎炒的光景，他都看见那炊烟"亮蓝动人心"。十里桑地秧田，日影沙堤，"就像脚下的地都是黄金铺的。"董桥的散文如同贾母帮宝钗收拾好的屋子，干净，华丽，澄静，有时有些忧伤。钱钟书的文章是黛玉的屋子，垒着满满的锦绣诗书。《三国》和《水浒》是探春的卧房，阔朗，种着芭蕉，叶大似如来佛的手掌，还有满满一囊水晶球儿的白菊，绰约盛放。

时下新生代锐意不读书，一心想自然，无奈办不到何！惨然无色只会叫一声苦，寂然无声只会说两个字曰"寂寞"，天塌地裂更要无可措手，伤春悲秋亦无辞章形容，"自然"到讷讷，如四壁空落落，露出家底贫薄的伧寒。

写文章如布置绣房，清水出芙蓉，也要自然去雕饰。该收的收，能放的放，这里加，那里减，此处或可点缀翎毛一两样，皆是要雕饰到自然。所谓作诗立就，倚马可待，那自然是好的，若是不能倚马可待，不妨抱玉璞回家，端之详之，琢之磨之，成就一块珠宝晶莹的美玉，也很亮眼爽心。

鲁迅先生金戈铁马，怒目横眉，抑或沉郁顿挫，悲愤满腔，也不妨碍他回忆金黄的圆月，月亮地儿下持叉刺猹的少年闰土。急管繁弦之余，有两节舒缓的拍子，舒弦慢板之余，有两节急管繁弦，互为衬托和调剂，方为有趣。宝钗太素，是以贾母不喜，要给她悉心装饰。讲精致，讲搭配，讲格局，这样一布置，宝钗的一间寒素的屋子，就变得清简有风致，是一篇好文章。读一篇篇搭配合宜，动静有致的好文章，也便如同入了小姐的绣房。

一月春风似砍刀

十几年前"恶搞"这个词还未诞生，不过天才们的恶搞行为并不会因此受限，比如我的一个古典文学老师，圆头圆脑圆眼镜，操着地方口音讲解李清照的词，颇有 20 世纪 90 年代的星爷风范。好好一句"独自怎生得黑"，可怜啊，被他解成"为什么只有我自己生得这么黑！"

很奇怪，在那个人人都一本正经的年代，我们也居然觉得这样的曲解很有趣，可见人的本质都是俗的，再怎样忧伤、美丽的东西，一涉及玩，也都可不必过于较真。

是以我们对于小孩子的"恶搞"文字也完全不必大惊小怪，哪怕他们把李白的《赠汪伦》解成："李白乘舟将欲行，忽然掉进水潭里。桃花潭水深千尺，不知李白死没死！"把《春晓》解成："春天不洗脚，处处蚊子咬。夜来大狗熊，看你往哪儿跑！"更有"日照饭店生紫烟，遥看瀑布挂前川。口水直下三千尺，一摸兜里没有钱。""昨夜西风刮大树，独上高楼，站都站不住"……

他们还不懂得正版的美，所以先学会的是戏谑；他们还不知道忧伤为何物，所以才会这样嬉笑着曲解。迟早有一天，人世苍凉冲他们撩开面纱，露出脸来，到那个时候啊，这些诗句里深埋的忧伤和美丽，会汹涌而至，排山倒海。

读刘原的文章,也颇像小孩子恶搞文学:"日暮乡关何处是,遍地流窜丧家犬。""忍看阿丽成少妇,怒向案板觅屠刀。""与你粉嫩欲滴弹指即破的小脸蛋相比,我更爱你那饱经天打雷劈的老树皮。"这种恶搞算是文学路上的偶一走神,道貌岸然够了,辛苦经营够了,宏大幽微的叙事也够了,精英意识也笼罩得洒家够了,在主流干道上走得累了,偶见一小径,斜刺里去闲寻花朵,得一时的放松罢。

很难说这种恶搞好不好,它不是当街砸灯泡,冲着美女嘘口哨,不存在社会治安管理问题,偶尔发泄一下被经典"规"了几十年的郁闷心理,也不是不可以。只是不能多,否则必俗必滥,成臭街老鼠。恶搞也是要"惊艳"一下的,倏忽来之,倏忽去矣,老是涎着一张脸搞来搞去,谁还稀罕你?

而且,没有金刚钻,揽不了瓷器活儿;没有三把神沙,倒反不成西歧;没有那弯弯肚子,吃不成那镰刀头子。一般人还真干不成恶搞这买卖。电影界不过出一个周星驰,文学界也不过蹦出个刘原,可以比较系而统之地恶搞下去,其他人只不过零打碎敲,偶玩一小手而已,比如"愈夜愈美丽"恶搞成"愈夜愈色情",比如"早起的鸟有虫吃"恶搞成"早起的虫子被鸟吃"。长此以往,"明灯翠袖,青丝红唇",会不会给恶搞成"翠灯明袖,红丝青唇"呢?恐怖之极。

可是很奇怪,这种恶搞和周星驰的恶搞《西游记》居然一个效果,都使人忧伤。可见有些东西,是再怎样都搞不掉的,抑或恶搞者本身也不过是新皮装着旧馅子,根本没想颠覆什么,他只不过是想用新奇的形式,表达旧有的悲喜。

这样想想,"二月春风似砍刀"这件事还真叫人害怕,柔美里饱蘸残酷的意味,好像远远的一个谁,在芳华繁盛里打着苍凉的手势。

美人团扇半遮面

　　我家壁上挂一幅画,画上仅两条金鱼,游动在虚空中里,线条优美——画家没有画水。不画水也分明是画了,他把水画在赏它的人的心里,一千个人的心里,就有一千汪晶莹碧绿的水。

　　齐白石48岁作《古树归鸦图》:一株树,满天鸦。70岁时再画《归鸦图》,却只在左下角画些枝,枝上用鸦点染,大部分空间留给了天空与水面,悠然飘逸,不动声色。

　　20世纪20年代初,上海北新书局印行《呐喊》,鲁迅先生亲自设计,毛边儿,上天下地和左右两边全都留很大的白,即使正文铅字也不密密麻麻,如青砖砌墙。"揭开红皮黑字封面儿,先是全白的扉页,如入深院,先一个迎门的粉壁,曲径通幽,深湛含蓄……"因其留白,倍增韵致,想想都觉得美。

　　美也怕满,像旧时女子衣饰,巾帕、鞋头、衣边、前襟、后衫,处处有花,眼花缭乱,让人只觉得"塞"得不透气。春日举家出游,田畛篱落,菜豆花开,虽然金黄的油菜花一开一大片,也没有满天满地塞得满眼,它在四面青翠的留白景况中才越现其美。

　　唐绝句,元小令,均擅留白,如茫茫大雪上一点红梅,梅外又有茫茫大雪,有不尽之意见于言外。"山中何所有,岭上多白云。只可白怡悦,不堪

持赠君。"字外不是冷冷的拒绝,而是暗香温默的留白,叫人恻然低徊。

留白是工夫,文章与读它的人之间如男女初次见面,红灯照脸,含羞低敛,人在这里,无边心事却让你猜。

川端康成写情炽的男人握住女子的两点,下面却只写了句"他的手慢慢大了"——真真乐而不淫,蕴藉风流的好文字。

汪曾祺最会留白。小说《受戒》里,明海受戒之后被小英子接上回家的船。路上两个人不紧不慢的划。这时,小英子忽然把桨放下,走到船尾,趴在明子的耳朵旁边,小声地说:

"我给你当老婆,你要不要?"

明子眼睛鼓得大大的。

"你说话呀!"

明子说:"嗯。"

"什么叫'嗯'呀!要不要,要不要?"

明子大声地说:"要!"

"你喊什么!"

明子小小声说:"要——!"

"快点划!"

英子跳到中舱,两只桨飞快地划起来,划进了芦花荡。芦花才吐新穗。紫灰色的芦穗,发着银光,软软的,滑溜溜的,像一串丝线。有的地方结了蒲棒,通红的,像一枝一枝小蜡烛。青浮萍,紫浮萍。长脚蚊子,水蜘蛛。野菱角开着四瓣的小白花。惊起一只青桩(一种水鸟),擦着芦穗,扑鲁鲁飞远了。

……

下面怎样了?一个省略号就作了交代。若是别人来写,怕是连高烧红烛照红妆都写出来了,连过小日子,生小孩子都写出来,齿落发白、爬背喻痒地过一生都写出来。就像一张画满格子的纸,每一张格子都填满了字,叫人喘不过气来。

读《游仙窟》:"余读诗讫,举头门中,忽见十娘半面,余即咏曰:'敛笑偷残靥,含羞露半唇;一眉犹旦耐,双眼定伤人。'"

——写文章也是如此,敛笑偷残靥,含羞露半唇。而且写文章又不如此,美人"一眉犹旦耐,双眼定伤人",文章之事却是若双眼都露出来,就失直白,未必再有伤人的气力。所以若非大才气,不可把太多的美集中到一起,宛如把花花绿绿的珠宝一股脑堆在地上,宝也不觉得宝,贵也不觉得贵。给人感觉很危险,冲击力太大,让人失去审美的能力。倒不如藏一半,露一半,美人团扇半遮面,迤逗得彩云偏,心花乱,爱之不足,观之不厌。

杨绛"送"我一幅画

看了杨绛先生的一个采访,她要在身后把家财尽数捐给公益事业,不过不会以钱先生或她的名义命名,"捐就捐了,还留名干什么?"然后记者善意恭维说她身体这么好,能活一百岁以上,她说那就太苦了,这几年活下来就不容易,需得靠翻译非常难译的书来投入全部精力,忘了自己。见多了人总结自己一生,大说功业,杨绛先生却站在人生末端,回望一生,说:"总而言之,一事无成。"

记者问她怕不怕死,她说:"生、老、病、死都不由自主。死,想必不会

舒服。不过死完了就没什么可怕的了。我觉得有许多人也不一定怕死,只是怕死后寂寞,怕死后默默无闻,没人记得了。这个我不怕,我求之不得。死了就安静了。"

心里一痛,想,杨绛先生还"送"过我一幅画呢:

我做了杨绛的学生,在她的房里做功课。杨先生拿一支铅笔,在一张大大的竖幅宣纸上飞快作画,水墨渤染,岩石嶙嶙,且一树一树的花,虽是没有颜色,却有喷火蒸霞之妙。我说先生,把这幅画送我吧。杨先生说,若我是用彩笔画的,不会给人的,既是用铅笔画的随兴之画,你要,就给你吧。

我得寸进尺:"那,先生给我落上款吧。"

杨绛先生爽快答应:"你叫什么?"

我说我叫闫荣霞,然后不好意思:"很俗气的名字,对不对?"

杨先生不以为然地说:"千万不要说俗气,好名字也能被人叫坏,坏名字也能被人叫好……"我不说话了,领略她的话里深意。

然后她又提笔沉吟,我提醒,闫,就是大画家阎立本的阎,荣,光荣的荣。

不知道先生是不是没听真,"闫"字写对了,"荣"字写成"云",然后在整幅画上画一朵大大的云朵笼罩画面,预示我的"云"字,我着急:"先生,我不是叫云霞,是荣霞,荣。"

先生说哦,好的,她改过来,然后又写"霞",一边写,一边说,"骆宾王《滕王阁序》有诗:流水空山有落霞,好境界……"

猛然惊醒,睁开眼睛,却原来是南柯一梦。

我跟杨绛先生,是我晓得她、她不晓得我的情分,何至于会在梦里和她有缘一面,且蒙一幅画相赠? 一定是感念她的清水淡烟的做人德行。只是我见识疏浅,居然把错误的诗句安在杨先生头上:把王勃的《滕王阁序》安在骆宾王头上;又把《红楼梦》里薛宝琴的"闲庭曲槛无余雪,流水空山有落霞"安在《滕王阁序》里,十分惭愧。

如今梦虽然醒,那幅画却印在我的心里,时时拿来默赏。我不是画家,无法重现这幅画的景象,所以它就成了绝对、绝对的私人财产。感谢杨绛先生,大幸世间有如许干净的人,才会让我做了这么一个美妙的梦。

花间约

第五辑

我是人间惆怅客

落雪了。远远近近的白。纳兰的王府里不会有成排成阵的大白菜，江南也不会下铺天盖地的鹅毛大雪。花园啊，凉亭啊，窗子的凹角里，坡上的腊梅花上，都只是温柔和凉薄的一层。

残雪凝辉，让这温柔的画屏也变得冷落了好些。这个时候，梅花也一瓣两瓣的随凉风飘落，开与落都是在寂寞黄昏。而笛声也幽幽怨怨地响起来了。夜了，静了，凉了。想起往事了。想起了往事，月色于无人处也好像越发的朦胧起来。

往事堪哀，惆怅满怀。

记得以前有个朋友问我纳兰性德是个什么样的人，我的回答其实是自己对他的神往和幻想。我说这是一个翩翩浊世佳公子，白衣胜雪，立马桥头，神情里总有些落寞和忧郁。我说得虽不确切也并不大错，应该算是触及了这个人灵魂深处的底色。

要按说他是不应该如此的，他的父亲是内阁大学士鼎鼎大名的纳兰明珠，他从小是其父的掌上明珠，大了是皇帝身边的贴身侍卫，从贫家的角度说这个人不愁吃不愁穿，从富家的角度说这个人独有世家子弟无边的贵，从皇亲贵胄的角度说这个人如此的儒雅风流，万般宠爱集于一身，他还有什么理由感觉孤独和落寞呢？

如果把人的活法用方向来界定的话，有的人是面朝外的，终生的精力都放在了取得社会成就和得到社会承认上，向每一个缝隙延伸自己的枝叶，和每一个人攀上交情以备不时之需。而有的人是活得内敛的，眼睛看到的不是外部的风云变幻，而是内心的风起云涌。前者失败的时候会有剧烈的痛苦，并且会大声地号叫来发泄，后者失意的时间却是绵绵的忧伤，把这种忧伤藏在心里发酵，变得越发的浓厚和宿命般的悲凉。后者比前者更易活得孤独。这种孤独几乎是一种命定，无法逃脱。无疑的，纳兰应该是后者。

最合适最容易让人遗忘孤独的药，就是年少夫妻，举案齐眉。于是，纳兰结婚了。有了自己的美丽的妻子，有了和乐恩爱融洽的家，也就有了自己精神的家园。当他想哭的时候，可以把脸埋到妻子的胸前，当他心里的温柔多得盛不下的时候，可以拈起眉笔，给妻子画眉，也可以淘胭脂，并且坐在一起，妻子绣花，自己作诗，还可以夫妻二人到花园里饮酒赏月。饮到薄醉的时候，月色也分外的妩媚和皎洁……

可是，婚后仅仅3年，妻子死掉了。自己的精神家园重新被毁。自己又站在了孤独的旷野。风吹过来吹过去，心不知道该飞向哪里。虽然后来再娶，但是一个人真爱或许只有一次，感动或许也只有一次，感情不能仿制。

一杯薄酒，落梅黄昏，流泪眼观流泪眼，失意人逢失意人。

这个时候，还用再问为什么他说自己是人间惆怅客吗？还会再问为什么他会知道因了何事君泪纵横吗？天下的失意和惆怅是一样的，天下的孤独和悲哀是一样的，天下的可怜人是一样的。敝裘和鹤氅包裹的心也是一样的。都是一样的。

那么，面对人生的大问题，穷通迥异的我们的结局也是一样的。笛声幽幽，往事纷至沓来，过去的美好都变成了不可再现的悲哀。你我相对，风吹动头发，想起过往，一样的断肠。想到此，好像听到纳兰低吟："我是人间惆怅客，知君何事泪纵横，断肠声里忆平生……"

我 和 猫

不是"我的猫",是"我和猫"。

3年前,夏月,大雨湟湟。一个还没满月的小东西忽忽悠悠在便道上冲我飘过来,没有拳头大,眼神空洞,一边走一边叫。一个失足就是死,公路上车行如飞,水流湍急。我两根指头把它举回来。三年过后,它和我排排坐,后腿屈起,前腿展直,整个肚皮的白毛都露出来,从下颌开始,就像一个穿白工装裤的比我小了几号的人,眼神专注而平静,让人只觉众生平等。

我看着她从一个幼儿,长成一个少女,再从一个少女,过渡到青春期,再从青春期长成一个大姑娘。

我是她的第二个娘。

小的时候她很娇憨,是个小孩。小孩都贪吃,有一次,它的肚皮大得像气球,都不敢捏,怕捏爆了,小小的身子,里面塞了俩大饺子。

现在它的年龄大概等同于20来岁的大姑娘,在我的胸前浓睡乍醒,大眼睛显出一点双眼皮的内双模样,俊秀得不行,我会跟她彬彬有礼地打招呼,说:"嗨,睡得好吗? 我这个软垫您老用得可舒服? "它就会大力抻个懒腰,打个呵欠,闭嘴时通常还会留一点粉嫩嫩的小舌尖忘了往回收。古诗词里说美女有"丁香舌",猫舌可比人舌丁香得多。忍不住点一点,小小的舌尖就在我的指尖留下一点一转即逝的小温暖,像开过一朵小昙花。

睡饱了,精神了,需要玩点儿什么把精力消耗一下,我就把手蜷进毛衣袖子里面,包得严严的,一伸,说:"咬吧!"它小时候小白牙像针,我不动,任它咬,它咬我就像我咬牛,皮厚坚韧,怎么咬得动。现在则需要采取保护措施了。一晃三年,真快。

它在我这里没有规矩可言。溺爱就俩字,我只说一次。

家里只有我和她的时候,她的顽皮完全不受限制和打扰。我抱着笔记本打字,它跳上来捣乱,我就有先见之明地把嘴捂上,它果然把屁股紧紧对着我,尾巴还扫来扫去。有时候不高兴了也会尾巴撅起来,屁股近近地往我脸上坐。夏天,我戴一条金项链,上面有个小金坠子,一闪一闪的发光,它就把脑瓜塞我下巴颏下面拼命咬。它还经常在我撑着胳膊在沙发上坐着的时候,隔着三尺远猛冲过来,一个七八斤的小炮弹带着加速度,撞得我着实有些痛。

刚才猫从门外进来,嗖一下跃上床,嗖一下跃上我的膝盖,然后叭一个跳高,吐出叼在嘴里的一个黑东西,直直落在我的键盘上——感觉它根本就是有意识来献宝的,因为扔过来之后它就在显示屏的背后玩了,看也没有再看它。原来是皮带上的一个坏掉的半截黑皮环。

它对我示好的时候其实不多,暴力的时候不少。比方我讲电话,语气不善,声音有点大,猫就揪住我胳膊一块肉打算转着圈儿拧。

小时候,猫曾经有个青梅竹狗。

一只小腊肠,不过一个月零十天,尾巴细得像毛线,四只罗圈腿在地上"趴嗒趴嗒"地走。猫一见它过来,就把毛竖得跟小柴犬似的,嘴巴张得尽可能地大,使劲地"呲——哈——"地恐吓。熟了之后就好了。一只猫一只狗,外面做菜,把它俩关我屋里来。狗一直哼哼唧唧,奈何爪短无力,扒门不开;猫也愤慨地叫了半天,一看没门儿,就有一声没一声

地小声哼两下，然后用爪很勤奋地挠门，虽然也挠不开。然后他俩蹲在门前，狗骑在猫的身上，两个人一起期待。

吃饭的时候，我膝上坐一猫，脚下蹲一狗，挟一筷菜，猫先伸鼻子闻闻，狗再冲我叫两声，搞得我喂喂我，喂喂狗，喂喂猫。它们饱了，我没饱。

它们俩天天玩官兵捉强盗，一个追一个跑，追的卖命地追，跑的玩命地跑，马蹄踏踏而过，我天天中午睡觉被逃跑的猫践踏。要不就共同给我设伏，等我从房间出来就一拥而上，猫搂腿狗抱脚，企图把我一举撂倒。

后来，狗走了，被送人。我看着猫玩一个窄窄的纸边——开信封的时候撕下来的，凌空一跃，扑通躺倒，嘴巴叼，牙齿咬，爪子连扑带挠。以前，这条纸边应该是两个人争抢的对象，猫被撵得直接上炕，一蹿上窗台，胜利地往下看，狗在下边摇着尾巴无奈地瞧。倘是地板上有一个纸盒子，就会上演攻坚战，猫高踞在盒子上，狗在下边往上冲，你一冲我一挠，你一冲我一挠，看上去就像悍妇驯夫，左一个耳光右一个耳光。倘是地板上有一盆水，又会上演骚扰战，狗很会贯彻"敌疲我打，敌打我跑"的方针和原则，猫盯着水里的影看得入神，伸爪子去够，湿了，抖一抖，再抖一抖，然后伸脖子下去喝一口，没等它喝到，狗在后边悄悄接近，一口叼住尾巴往后拽，猫急怒转身去挠，狗早跑得老远；这边仍要伸脖去喝，狗又来了……以前只觉得两个太闹，现在只剩了一个，我不是猫，不知道它在想什么，只是替它寂寞。

正午的阳光透过玻璃窗照在躺在宽大的窗台上，猫在窗台晒暖暖，于是连同它一起折射到屋顶，它的影子逼真又失真，明明是躺在那里梳理毛发，却在房顶上那块光线的方格子里，好像是站起来一样。好像它站在玻璃上，下面是灯，返照它的影子在天顶。

昨天朋友问我，猫的寿命就那么几年，它死了，你会觉得难过，养它落一场伤心，值不值得？我说，对我来说，猫的寿命就是那么几年，可是对猫来说,那几年就是她的一生一世,我陪了她一生一世,她死了,我还会不会难过?她说不会了。

夏天去承德,见一只猫被车流碾压,并不就死,挣扎惨嚎,围观者有,有人在笑,无人援手。我陷身车流,无法抢救,眼睁睁走远,瞋目欲裂,心里号啕。我老了,越来越理解杜甫的愿天下人都有屋住,吾庐独破受冻死亦足,那不是舍小家为大家的大公无私,那是不忍见世间苦难的慈悲。杜甫是佛。

可惜佛少凡人多。

知秋一树

不知从哪里看到一句话:"所谓人生就是背着沉重的行李去赶一条长长的路,着急是绝对不行的。"树的一生也是背着沉重的行李去赶一条长长的路,所以它也不着急。

春天一到,树就开始带着些不耐烦的神气抽枝长叶,花也争先恐后爬上树头,细碎,挨挤,像堆雪,像怒霞,像红云,像树上的大观园。它们用人耳听不见的嘤嘤的声音调笑嬉闹:"你压了我的裙子","你扯住我的花衣裳","看你!把我的脸都抓破了"……

有的花生气了,粉脸通红,像林黛玉,薄腮带怒,杏眼微睁;有的被人赏看得不好意思,扯过半片树叶遮住脸;有的迷上一个英俊的行人,使劲

看,看——可惜他没感觉,目不斜视地走过,剩下它独自伤心。它们的笑闹让树头发痒,就像一个人戴了丰茸的花冠,想抓又抓不了,是一种无可奈何的痒。

真的,槐花,柳毛,合欢,谁也不愿辜负青春盛年,春天一到,纷纷纠缠,让树焦躁不安,真烦。

好在春天短暂,转眼每一片叶子都已经长大,每一朵花都准备结果子,开始正经八百过日子,没有了惹树烦的兴致。于是这个时候树不再烦,开始累,疲于奔命,拼命把根朝黑暗的地底下钻,拼命吸收营养然后给它们送上去,生命不息,输送不止。就像《四世同堂》里的祁老太爷,带领七长八短的一大家子,咳嗽、吵闹、叹气,听人诉苦,判决是非,身不由己。

所以说盛夏的树是有点无奈的,顶着繁华茂盛的大脑袋,鸟也飞来,雀也飞来,有点像贵为皇帝的顺治,一边笙歌聒人醉,一边想着清净孤独的世界。

这样的心境一起,说明这棵树开始把生命想透彻——任何一个透彻的生命都会在一种自觉自知的状态下主动摒弃一切。所以当秋风把叶子片片吹下,是一种让人轻松的割舍。甚至没有一丝风的时候,树也主动往下剥自己的叶子,一片一片,有一种痛楚的决绝。

除了松树和柏树。这是两种多么执着的树啊,拼命想卫护住生命的激情,大雪纷飞还要强打精神,不肯卸妆退场。它们有诗人的气质,能量大,激情不肯稍泯,又有大长今不达目的不罢休的不合宜不明智的韧劲。真的,树也如人,各有脾气秉性,有的天性淡泊,秋天一来,达到内外双修的和谐;有的天性要强,喜欢在奋斗和搏击中获得悲剧性的快感,在人为造成的炼狱里得其所哉。自然界的最妙法则就是让每一种生灵都可以顺其自然。

我的窗外有两株树,都是大叶杨。我看着它们用一个秋天的时间把自己一片一片剥得精光,我替它清爽。就是不知道什么时候自己也能享受这种凉风起天末,云外传来悠悠暮鼓晨钟声的干净和从容。

冬日春光

普希金的诗说,没有幸福,只有自由和平静。其实对人来讲,自由也是没有的,又不是鸟,想飞东飞东,想飞西飞西——其实鸟也没那么多自由,西北还有高楼呢,所以孔雀只能东南飞。人更像植物,种在冬季晓雾漫开的村庄,若是能在乍现的晨光里做一个平静安详的梦,就已经很好了。

梦里有光秃秃的紫荆,兀自做着独属于它的姹紫嫣红的梦。晨露成霜,也不妨碍杨树和柳树、紫荆和柘条迎接按时而至的阳光。然后它们一边向蚯蚓问早安,一边憧憬暖风吹来后,不久即有蝴蝶美人的造访。该来的总会来,所以它们并不心急,只按部就班地拔节生长。

一群麻雀鸟涂涂地停在枝头,小脑袋一顿一顿,在枝丫上东啄西啄,啄得紫荆像是人被搔了胳肢窝,不由地动动枝子想笑,惊得鸟呼啦一下全都飞走。其实惊飞不过是它们做的一个样子罢了,估计它们心里也在笑呢——调戏植物一直是它们的拿手好戏,比调戏电线有意思。

紫荆就种在一户人家的窗下,窗子里一个小婴儿正盖着小暖被睡得香甜,眉头一皱一皱,嘴巴一撇一撇,轻轻吭唧两声,像是要哭。妈妈迷

迷糊糊拍拍他的小身子,他就眉头展开,又睡着了,然后梦中扯出一个没牙的,大大的,玫瑰花一样的笑。

原来,他也做梦了。

年轻的爸爸妈妈早就醒了,看着小宝宝在梦里手舞足蹈,当爸爸的拿手捅捅肥肥软软的脸蛋,十分好奇地八卦着:

"小孩儿也做梦啊?"

"是啊,肯定特别热闹……"

等他梦醒了,花就开了,冰也化了,小短腿会跑了,春天就来了。

无论是暖屋里的入眠,还是温厚的泥土里的蛰伏,都是亲厚而温暖的。如果能这样赖床不起,也挺好。但是风不许。它会在你的枝头料峭而温柔地缠绕:"该起床啦,喂,该起床啦。"

于是,淡淡的黄光、绿光、白光、红光、紫光、橙光、粉光,就从枯槁的枝条里一闪一闪地漫出来,像是在揉着眼睛说:"好啦好啦,别叫啦,听见啦,总得让我打扮打扮吧。"

"嗯,打扮好了就出来吧。舞会要开始啦。"

舞会。紫荆举着花做的仪仗,护卫着趾高气扬的白蔷薇国王,粉蔷薇的王后穿着缀满小花的长袍在他身后也昂然进场。一队喇叭花吹着长号,哇哇的响。穿淡紫长裙的那是谁,散发着高贵又清雅的香。迎春花的晨礼服色泽明黄,桃花一身红灼灼,夜莺在叫,榕树在笑,千万朵花儿翩翩起舞,阳光如片金,被一万只脚踏碎在地上,闪闪发光。

夜了,累了,花也睡了,月光一跌到地,摔痛了屁股,爬起来重新铺满整片草地,发出窸窸窣窣的声响。

啊,繁华里的欢愉,清冷中的希望。

就像我知道人活着一定要死,春天、夏天、秋天之后仍旧是冬;但是我不知道下个路口会遇见谁,不知道哪里会有让人灭顶的爱情,不知道什么灾祸会从哪个方向向我袭击,不知道失去一颗苹果之后,会不会接着失掉手里的金橘。我曾经那么惶惑恐惧，不肯安详。但是现在，命运向前，美景迭现，一切虽不算好，一切总有希望，冬天来了，还有春光。

冰 花 乱

自夏徂秋，深居简出，不觉外面已零落成冬，窗上已结冰花。

北宋何薳撰笔记《春渚纪闻》，言余杭有一人叫万廷之，有一个洗脸用的瓦盆，天气酷寒，盆中残水冻冰，形如一枝桃花，第二天又成双头牡丹，再次日又霜林满盆。此后水村竹屋，断鸿翘鹭，妙笔图画，迤逦不断。

南宋洪迈在《夷坚志》里有《锡盆冰花》条，讲绍兴六年十二月十五日，一个官员生日，他家里一个大锡盆，残水结出寿星坐磐石，长松覆盖，龟鹤分立左右。路远，画工至而冰花消。此后倒是迤逦不断，日日结花，特邀群人共赏，作者也在受邀之列。

宋代有关冰花的记载，除了盆里冰花，还有屋瓦冰花。

北宋沈括在《梦溪笔谈》里写他元丰末年到秀州（今浙江嘉兴），见到屋瓦霜后成花：似牡丹、似芍药、似海棠、似萱草。

仍是南宋洪迈《夷坚志》，又有一条《瓦上冰花》，讲秀州知州吕彦能家厅侧有瓦数百片，雪消后残冰结成楼观、栏楯、车马、人物，并带芙蓉、重台牡丹、长春萱草、万岁藤，妙华精巧，经日不融。吕命其子用墨拓印 10 余本。

说到蓉画，北宋宋敏求《春明退朝录》也说王子融侍郎回山东故里，严冬霜浓，见一官员家屋瓦皆成百花形状，遂摹下珍藏。

那么，冰花常见，美轮美奂，何以春秋诗汉赋乐府唐诗里面却极少见？倒是马端临在《文献通考》载一事，说是唐昭宗时，在沧州城堑中有冰纹如画，大树如芳敷，却被时人认为"华孽"，是兵难之兆。而到了宋代，对冰花却有了一个爆炸式的欣赏。

细究起来，据气象学家考证，历代中，北宋最为寒冷，大雪连月，至春不止，平地积雪八尺，飞鸟冻毙。到了南宋，更其酷寒，大雪直至暮春。这样百花纷杀的萧条寒凉，人们一腔"惹草拈花"的爱美之心无处安放，只好注目在冰花上。

那么，洪迈笔下的当官的大锡盆里结的冰花，如此受激赏，似乎又有点小题大做，让人心生疑问：莫非以前即使残水未尽，也不结冰花，特地结出来，是为给这官庆生？

这肯定不能。锡盆以前必然也结冰花，只是负责使这锡盆的只能是粗使的下人，冰花再精美，他见便见了，也好比牛嚼牡丹；当官的庆生，管家和高等下人到处张罗支应，这些细使的下人都有一颗七窍玲珑心，一见冰花奇巧，必定奔跑宣告，讨主人欢心；偏偏这为官的脱离群众，温床暖被，净面洗脚用的也是烧热的水，凝冰成花事确不曾多见，于是其心甚慰，特邀人共赏，无意间把自己和锡盆一起"邀"进历史。

还有，宋人赏冰花便赏罢，居然还不忘画冰花，又是何意？

估计这应该和宋代的画风大作大有关系。唐和五代的绘画还是雅士所好，到了宋代，画家是一个阶次，画工又是一个阶次——汴京大相国寺每月开放五次庙会，百货云集，其中就有卖书卖画的；南宋临安夜市也卖细画扇面、梅竹扇面。除此之外，士大夫收藏、鉴赏以至亲笔作画也蔚然成风。宋徽宗赵佶自己就是画家，楚王好细腰，宫中多饿死，皇帝爱画画，底下人还不上行而下效之？于是，日出而消之花就被蓉成细赏细玩之画。

如今对冰花的欣赏渐渐式微,可是眼前萧条世界,点破寂寞的却仍旧只有凝在冰上的水清沙幼,篱菊梧桐。这才多少日子？恍惚不久前屋外庭院道旁山边还有大丽花开,瓣瓣好似红绸片,风一吹,朵大茎软,翻飞零乱,又似燃焰。

然后,大丽花谢了,前不久又梦落雪,且有太阳。雪片飘舞,映着日光,好似银绸片。赏雪,写文章,思路清晰,句句记得明白,先蓦雪之形,再写雪之美,再颂赞。醒来诸句皆已淡忘,唯最后一句霸气十足,记得清楚,说是雪如花:"我花开后,百花杀。"可是其实不对,雪花开后,还有冰花,雪花冰花开后,更是百花开。

大丽花谢,又有雪花落在梦里,梦醒了,又见冰花结在窗上,再怎么现实如铁壁铜墙,一年四季,只要有花醒里梦里肯开,就不能说是没有希望。

海 底 雪

今年的第一场雪。

一下就白了半个世界。

这场雪下得忒突然了,花啊、树啊、草啊,都没有思想准备。

一朵没来得及绽放开的玫瑰花苞,整个埋进雪里,只露一张小红嘴,

是雪白里洇出来的一点红痕。

草头上顶着雪,枝子画着银线弯弯曲曲,像女子头上插的钗。

有的树叶子还没来得及黄,也没来得及落,被雪附在青惨惨的叶片上,像冻青了脸的独脚鬼。

柳树枝子长长,像舞台上的秦香莲耷着惨绿水袖的青衣。

泡桐仗着个子大,挑那么大一树雪铃铛,一吹风,耳朵几乎听得见"丁铃丁铃"细碎的响。

若是我的个子高,有巨人那么高,那这一棵棵白杨树,就是我家地里种的棉花了,膝盖那么高,爆老大朵的棉桃。

塔松是尖锥的冰淇淋,龙爪槐么,那就是向天空倒张的龙爪,玉龙的。一棵树蓬蓬头,站在那儿,染了雪,是墨黑的夜空下,静止的烟花。

地上的灌木那不叫灌木,请叫它们珊瑚,谢谢。

路边两株槐,细细密密的枝子,都裹了银屑,是少女纷披的心事。

一边走,一边想雪的诗。

"草枯鹰眼急,雪尽马蹄轻。"这是打猎时的雪。鹰眼如电,马蹄蘸雪,雪尽了,马快了,就是大雕,也一把弯弓射得下来,嘹嘹呖呖,满天声碎。

"欲将轻骑逐,大雪满弓刀。"这是塞下的雪。弯弓与大刀被雪也埋得没有了锋锐之气,都护铁衣冷难着啊,冷难着。

"孤舟蓑笠翁,独钓寒江雪。"这是江雪。孤独的人钓鱼也好,钓雪也罢,我只愿他回家喝姜糖水。

"柴门闻犬吠,风雪夜归人。"此是寒门之雪。出门的人砍柴去了?挖药去了?借贷去了?求告有门么?不知道,不晓得。反正是回来了,片瓦遮身,就算是有福的。

"四顾一望,并无二色,远远的是青松翠竹,自己却如装在玻璃盒内一般。于是走至山坡之下,顺着山脚刚转过去,已闻得一股寒香拂鼻.

回头一看,恰是妙玉门前栊翠庵中有十数株红梅如胭脂一般,映着雪色,分外显得精神,好不有趣!"不是诗,却比诗美丽。这个,可就是豪门之雪了。青的是松,翠的是竹,白的是雪,红的是梅,玻璃盒子里装的是公子小姐,穿的是雀金呢,蹬的是红香羊皮的小靴。

"欲渡黄河冰塞川,将登太行雪满山。"此是山雪也,有志未遂者命里下的大雪,下个没完没结。

"千里黄云白日曛,北风吹雁雪纷纷。"此是远行的旅人必看的云,必吹的风,必下的雪。

"窗含西岭千秋雪,门泊东吴万里船。"此是南雪。绵软,滋润,有一股清清凉凉的女娘气,像小姐,拈着绣花针,挑着兰花指。

"北风卷地白草折,胡天八月即飞雪。"此是北雪。粗犷,干涩,喑哑,豪迈,壮士。

"昏鸦尽,小立恨因谁? 急雪乍翻香阁絮,轻风吹到胆瓶梅,心字已成灰"——哪哪,这个,是美人帘外雪。温的,软的,寂寞的,像似银绸,泛着珠灰。

夜晚出门看雪。

雪是湿的,细细碎碎。

有路灯。

仰头朝上看,向后仰,向后仰,仰。雪从天上静静往下漂,一个一个密密的光点。我像躺在海底,那些是发着荧光的浮游生物。

海底雪。

我的雪。

花 间 约

爬山,去驼梁。

待得赶到,却在封山,大门不得进。正扫兴,村民好心指点我走一条砍柴种地的小路,一路上既无游客,亦无山民,只有我面对着阳光下偌大一座山林。天地皆静,只余鸟声。

几天前,晚上,避开游人如织,到一处荒凉的防波堤,天上是半圆的月亮,堤外是万点碎银洒在水面,凉风如水,万虑顿消。小时念过的诗不由自主吐出,叫做危楼高百尺,手可摘星辰。不敢高声语,恐惊天上人。天上哪里有人,但就是想着天上有人;而且地上没有别人,很多的别人,真幸运。一个人在堤上,抬头看得见月亮,低头听得见风吹水响,平日里忙得头昏眼花,觉得这一刻一切都抵消了,值了。

现在却不是万虑顿消,而是千思万虑皆不长,如同草籽被雪压埋,长不起来。随便坐在山石上,什么也不想去想。身边一片小花开,蓝格莹莹,花瓣大小如同挖耳勺,五瓣,黄心,矮茎,长风吹过,一片细茎都在那里顶着小脑袋摇啊摇晃啊晃,好像能听见一片声的小铃铛,细细碎碎,好像瓶里沙金互相碰撞。

野菊花总爱开在路中间,并不肯连接成片,就是一朵两朵的玩单干。秾丽艳黄,朵大如眼,金黄的花盘围一圈金黄的花瓣。山是绿的,阳光照得树叶如同半透明的翠片,隔年的枯草牵藤银白乌黑,野菊花开在这里,明显比开在万花园出采,且万花园并没有它的位置,这里才是它真正当在之地。陶渊明为什么独爱菊？他爱的真是那种在万花园里精心莳弄的菊花,还是这篱落田地山川野径随处可见的野菊呢？

再走一段,半山崖上高高地开着一朵蒲公英。绿茎紫英,攥起如同婴儿拳,若是抻平大小可抵小儿掌。就它自己迎风开,不知道得意个什么劲,我好像能看见它笑嘻嘻的嘴。

一路上蓝花、黄花、紫花,活的花,还有叶间鸟声"嘀哩"如花——一朵朵透明的花儿啪地绽开,又啪地消失,不停地这里绽开,那里消失,是山簪在鬓上,垂在额前,挂在耳际的装饰品,越叫,山越静。

一直怕登山,怕冲高的疲累,也怕见人行如蚁,声煎若沸。像这样悠然自在,独去独来,一个人跟蓝天相对,跟白云相对,跟衰草绿树相对,跟花相对,就是一年来一百回,又有什么要紧？

更何况,还有花吃。

平原槐叶生青,郁郁葱葱,槐花一个月前开得正盛,如今早已经花落成荫。没想到这里的槐花如雪,逗引得蜂儿嘤嘤嗡嗡。一时兴起,采了好些。含苞的不采,怕伤了花的生机,将萎的不采,因其已经散失了香味,就选那正开得好的,采回去,洗净,拌上少少的鸡蛋面糊,团成球,下油锅,慢火轻炸,出锅淋上花椒盐,外酥脆内鲜嫩,芳香染唇齿。韩愈讲"沈浸醲郁,含英咀华"是不是这个意思？

此一趟真是意外之喜,浮生半日,赴了一场花间约。

薤 醒 春

今年春迟,到如今柳芽才爆了半粒,土夯的破落城墙围裹着烟火人家,城墙上居然开出了一朵一朵的小瓜苗——不知道是什么瓜,皱皱的叶子,像小孩皱起小鼻子。这个时候,格外渴念柔柔春风吹来,打碗花和羊奶奶花开,还有野蒜来。

野蒜,长在田间野地,牛羊不到的地方——若是牛羊到,必定给吃掉。潮润润的绵土上一缕缕细细柔柔的长叶,底下一簇一簇白白的小蒜头,大小不及指甲盖。一锹下去,扬臂一扣,叶子在下,蒜头露出,香气袭来。

野蒜,百合科,多年生草本,气味相似大蒜,故名野蒜;根色白,又名薤白。此外,又欺负它蒜头小,称小根蒜。这说明野蒜和家蒜出身是一样的,不过一个成了家臣,一个成了流浪的武士。一个圈养在人类的封地里,吃得肥头大耳,一个流浪在广袤的田间地表,承风历雨。生活环境决定了它长不大,而占有的社会资源少又限制了它的个体发展,然而这一切却无碍于它的群体壮大,好比布衣短褐乡民草众死死生生。

野蒜细茎如针尖,那夜露挂在茎上,也不过大小如针尖欤!日光一烘,霎时无踪,不由人慨叹人命如薤命,恰如《薤露》诗:"薤上露,何易晞!露晞明朝更复落,人死一去何时归!"

再延伸开来打比方,宫女是家蒜,村姑是野蒜。庙堂之高是家蒜,江湖之远就是野蒜。陶渊明本来是想当家蒜的,结果发现本性不合,于是只好当野蒜。王冕知道自己本来就是当野蒜的料,所以根本就不去想当家蒜的事。至于征召不就,其实就是把野蒜给你一个家蒜的资格,结果有的人受,有的人不受。那"翩然一只云中鹤,飞来飞去宰相衙"的陈眉公,分明是一头家蒜,却偏偏把自己伪装成野蒜。天底下又有多少人长着家蒜的皮,却生一颗野蒜的心,绯袍大带,却向往春风驰荡的原野。也有多少人长着野蒜的皮,却生一颗家蒜的心。比如孟浩然"欲济无舟楫,端居耻圣明。坐观垂钓者,徒有羡鱼情。"那意思是我想坐官啊,可是没人引荐,看那些当官的得意趁春风,我却只有眼巴巴羡慕的份儿。

而一个宽松而成熟的社会,则是只要自己喜欢,想当家蒜当家蒜,想当野蒜当野蒜的社会,各由其志,各遂其心。

不讲这些形而上学之事,单论野蒜,若是做得好了,也算美味。

将野蒜头捣泥,香油滴拌,即为风味别致的小凉菜。若是用它煎炒鸡蛋,香味比韭菜浓郁,更能吃出一股野意。野蒜蒸饼子也怪好吃。玉米面里面搀上野蒜头,略加盐,蒸出来有咸味,蒜头清香四溢,吃起来比普通的窝窝头更美味。面粉里打两个生鸡蛋,加油和盐,再放进洗进切碎的野蒜(嫩茎也可吃),蒜头拍碎,凉水调糊。铁锅小火倒油烧热,倒入搀了野蒜的面糊糊,摊成薄饼,两面烙黄,卷而食之,更是别有风味。野蒜叶色葱绿,蒜头肥白,一并淘洗干净,配上香菜炒青辣椒,辣、鲜、香得人流口水。

佛门戒五辛,五辛一说是指蒜、葱、兴渠、韭、薤等五种。"薤",即小根蒜,野蒜。佛弟子说这五种辛菜"熟食者发淫,生啖者增恚",意即熟食容易破色戒,生食容易破嗔戒。老百姓可不讲究这些,遵循的就是一个"食色性也",是以野蒜不仅不在被禁之列,春生万物长,还要提着小篮挖野蒜,生生熟熟吃个遍。

是为醒春。

曾是清明上河人

天色微明，睡眼半睁，住在东京汴梁的城郊，听不见和尚头陀走街串巷报晓之声，不知道是"晴"是"阴"。然鸟声啾啾，绿树染窗，这样天气，正好出门。

一路上薄雾疏林，茅舍掩映，河流穿树绕屋，蜿蜒前行，两岸杂花芳草，蜂蝶嘤嘤。猛见一树好桃花喷火蒸霞，映红了人面。

越往前走，行人渐多，河面渐阔。桥上行人摩肩接踵，小贩争相揽客，纷纷卖弄自家的好货品。一头乡下毛驴本来静等卸货，一扭头发现对面茶馆前也拴着一头驴，立刻发出"昂昂"的求偶声。两头驴一见钟情，奈何茶馆驴缰绳太紧，挣不动，于是这头乡下驴干脆撒开四蹄狂奔，吓得四周人惊叫一声。幸亏车夫眼疾手快，一把揪住驴缰，赏它两鞭，一个不知道躲闪的小孩子才免去一场大难。这边热闹，惊动了那边茶馆里的茶博士，也不敬茶，也不对客人酬应，也顾不上看杂耍人一上一下辗转腾空，只顾张大嘴巴呆看二驴调情。还不如近旁农舍里的两头牛，只顾嚼草，与世无争。

桥上驴马相争，桥下舟楫相争。码头上人头涌动，有的干脆跑到汴河大桥上，探出身子，挥舞手帕，冲着到港的客船大叫亲人。

下桥上街，马多，车多；人烟稠密处，有做生意的行商坐贾，有看街景的士子乡绅,有骑马的官吏,仪仗开道,威风凛凛,只可惜养尊处优惯了,眼见得疆界日缩,外患日盛,怎么保家卫国! 有叫卖的小贩,有坐轿子的眷属,有背背篓的行脚僧,有问路的外乡游客,有听说书的街巷小儿,有酒楼中狂饮的豪门子弟,有城边行乞的残疾老丐,将身委地,尘灰满面,晚景凄凉。世界大都,万民来朝,几乘骆驼驮着西域商人的货品也来凑热闹,长得跟西域人一样,深目高鼻,有夷人状。

商家铺户遍地开花。花柳繁华地,温柔宝贵乡,肉铺多,饭铺也多。有钱的去遇仙店,银瓶酒 72 文一角,羊羔酒 81 文一角,那是相当的贵。平头百姓吃不起,干脆打道包子店——专卖灌浆馒头、薄皮春茧包子、虾肉包子、鱼兜杂合粉、灌熬棒骨之类,花上三五十文,也能吃饱。更有小孩子穿白布衫,戴青布头巾,挟个大白磁的菜缸子,吆喝卖自腌的辣菜,一份不过 15 钱,便宜得很呢。

吃过简单的午饭,天尚早,闲逛无趣,一头钻进杂技场,看熊翻跟斗,乌鸦下棋,蜡嘴鸟衔旗跳舞,拜跪起立。最奇怪是蛤蟆说法:在席中放置一个小木墩,蛤蟆九个,最大的一个两脚拉胯地坐在上面,八个小的左右两边相对成列,大蛤蟆叫一声,众蛤蟆也跟着叫一声:大的连叫数声,小的也一样。接着小的一一来到大的跟前,点头作声,如做敬礼状,唯唯而退。

街上忙人多,闲汉也多,专会设美人局、仙人跳;也不可贪便宜买小,有一种人专会以假换真,明明拿给你看的是好绸缎衣裳,及至你买到手里,打开来看,却成了纸做的。随身的盛钱囊袋更要仔细,还有身上的金玉佩饰、耳环钗镯,也都须防"觅贴儿"贴身行偷。最可怕的是地痞流氓当街称恶,动辄大拳头招呼,安善良民惹他不起,只好躲着——话说回来,哪朝哪代没有这样的人呢?

倘生在那个朝代,我也仍是个女人,虽说李清照拔了头筹,风头健过男人,不过大多数女子理家政,事翁姑,并不善烂然文章,所以就算我不知道欧阳修的德政,苏东坡的牵鹰放狗、锦帽貂裘,也不是什么了不得的

大罪过。至于王安石善写散文,柳永奉旨填词,干我何事?再怎样的杨柳岸晓风残月,小女子想的也是炊米柴薪。偶有闲暇,到汴梁城转上一遭,卖卖眼睛,已是莫大之快。

看张择端的《清明上河图》,一寸寸都有意思。是这么繁华的世界,这么盛大的朝代,这么漂亮的一层皮,包裹着这么优雅颓靡的馅子,这种气息如同贵妃手上金扇,叫人沉迷,不由我心生觊觎,飞身入画,也做一回清明上河人。

石头叠起的村庄

枯草,枯树,枯藤,荒山,荒石,荒村。

村里有人,有鸡,有狗。一个老头子,拎着两三个柴鸡蛋,亦步亦趋跟在一个蹒跚学步的小娃娃后边,胳膊像老母鸡一样乍开;两个人在推磨,青石板的大圆磨盘,曲里拐弯的木头磨杠,一前一后,推得"咕隆咕隆"响。磨上是黄黄的小米面,看得人眼馋。煮出粥来,热气腾腾,就一盘切成细丝的小咸菜,再用碧绿的香葱,炒一盘鲜黄嫩白的柴鸡蛋……远远传来一声鸡叫,同行的人猜是公鸡打鸣,真是!哪有公鸡这样叫的:"咯咯——答!咯——咯——答!"分明是母鸡下蛋。

奇怪的是,小村里鸡叫狗不咬,偶尔一只大黑狗从身旁经过,特意停下来对我们看看,眼神很柔和,没有凶光,像个心地纯良的老汉。哪像城里,贼盗蜂起,哪一条狗不是被驯养得青面獠牙的瘟神样?我真见过有人弄两条藏獒看大门,谁从那儿过,就得领教打雷一样的吼声。

这里的山荒,树荒,人也荒,所过之处,10家倒有8家锁着门,门桩生锈,家人远徙。随手推开一家院门,典型的小小四合院,东西南北皆有房屋,正房里外两间,简陋干净,平平展展的花布炕单,七八十岁的老奶奶是唯一的女主人,绝对不会骂我们,无论我们用普通话怎么说,她都只是眯眯地笑,一边"嗯,嗯"——原来她连普通话也听不懂。儿女远扬,剩下她孤身一人,火炉上坐锅,锅里煮着银丝挂面,案板上有刀,散堆着红椒青蒜。

正月刚出,年味不远,家家门上还贴有大红春联,城里对联沾染了太多的欲望,比如升官,比如发财,生意兴隆通四海,财源茂盛达三江。这里的对联却很雅正,清新,形制也新鲜。家家是木门,家家都有一个小小的深门洞,木门凹在里边,门楣上倒贴两个福字,两个门扇上各有一条对联,组成一对,两边门框上又各有一条对联,又组成一对,一个小小的门上,就这样贴满了热闹和喜庆,但这种喜庆是静的。门上一联:"芳草春回依旧绿,梅花时到自然红。"横批:"春色宜人。"门框一联:"月明松下房栊静;日照云中鸡犬喧。"听听,这是春暖花开,日落月升的声音,这是松风梅绽,鸡鸣犬吠的声音。生活在这样的世界,哪里还有宁静不下来的心灵。

小院里有石磨,石磨旁有辘轳,辘轳上有绳,绳上有桶,桶下有井,井里有水,清可鉴影。屋里有旧时人穿的三寸金莲,红紫金线,刺绣玲珑。一直不知道金莲三寸是什么样子,只知道很小很小,却原来是这样尖尖巧巧,足尖似针,可怜那样的时代,可怜那个时代里可怜的女人。屋里居然还有30年前我的祖辈父母一直在用,现在已经难觅影踪的提梁壶,和我奶奶坐在院里纺线的纺车。霎时有些眼花,仿佛看见一个头发花白的老人,盘腿坐在蒲团上,一手摇转车轮,一条胳膊伸得长长的,抻出一条细细白白的棉线,嗡……嗡……

一时间有些眩晕,不知道身处何地,我是何人。明知道这是井陉县的于家石头村,传说明代于谦避难藏身于此,后人一直繁衍至今。此地有石屋千间,石街千米,石井千眼,全村六街七巷十八胡同,纵横交错,结解曲伸,每条街道均以乱石铺成。石头瓦房,石头窑洞,石头平房,依高就底,顺势而建,邻里相接,唇齿相依,呼应顾盼。点缀其间的有深宅大院,古庙楼阁,遍布全村的有花草树木,春绿夏艳。这些我都不管,只希望有一天,心愿了却,再无遗憾,到这样一个安安静静的小村庄,赁一处清清净净的四合院,敲冰烹茗,扫雪待客,无人时吟啸由我,心静处闲卧荒村,听风听雨过清明,野草闲花中眠却,也算不枉了此生。

雨中小城

天气预报真是准确得恐怖。报了今天中到大雨,白天一直是小雨伺候,淅淅沥沥,夜里开始点变虚线,虚线成条,条垂成幕,哗哗声不绝于耳,听上去稳定而不急躁,像三四十岁的中年男人的手掌,不易激动,透着掌控一切的坚定。这个样子,像是要处心积虑,花费一夜工夫,来淹没这座不大的,但是像蘑菇一样生长迅猛的小城。

20年前,我在这座小城里读高中。假定它是个人,假定它躺在那里,假定它头东脚西,那我们的学校就在它的左耳朵眼儿,一出校门就跑到了耳朵外边。

总是要出校门去跑操的,校门口是一条东西向的公路,像架黄瓜,细窄条儿,每天几个姐妹做伴一路向西,矮矮的旧砖房夹道欢送,远处还能看得见一家石灰厂的巨大烟囱。这些家伙们遥望烟囱奔腾而去,我年小力弱跟不上,愤而入歧途,到田埂道上乱踩。两旁池塘里映着蓝天白云,雨天会有成群成群的小蛤蟆当车匪路霸,指甲盖大小,噼啪乱蹦。捉起一个捏在手心,它会不服劲地胀气,宽嘴巴一张一合,虽然只有我捏它,但我当它不是在骂我。

15年前,抱女挈夫,举家进城,此后的十几年越发像一只虫,在它的肚皮里兜兜转转。一头是家,一头是单位,两头抹蜜,我是腿上系红绳的蚂蚁,在这颗九曲珠子里循味而进,弯弯曲曲爬过去,弯弯曲曲爬回来。几经搬迁,年复一年,至今仍在它的肚子里打转。

刚开始我的家在它的肚脐眼儿部位,居中的繁华地带,开门却有大片的菜地未被高楼大厦蚕食,清凌凌流水,翠生生荞麦,秋冬日里经霜经雪,菜根也渗透清甜的滋味。

再搬家到它的左胳膊弯里,极为靠南,外围是古城墙,土夯土垒,如瓮如圈,护卫整座城池。上班路上也有大片菜地,菜地里有一株垂柳,春日里绿雾蒙蒙,夹道两旁是合欢花,开得丝丝绒绒,桃红艳光无限。

再搬家就跑到它的脚趾缝里,太靠西了!菜地没了,合欢花没了,一棵一棵的绿杨列兵一样站岗,马路再宽也盛不下汽车急驰如飞。像这样下着大雨的夜里,闭着眼睛都能想出来什么境界:公路上吭吭的水,汽车在水里行驶像开轮船。有缺德的司机故意踩油门,轰一声,劈波斩浪也似,惊起叫骂一片。

当初在耳朵眼儿的时候,我和蛤蟆约会;后来在肚脐眼儿的时候,我和菜地约会;再后来在胳膊圈儿里的时候,我和古城墙约会,那段残破的古城墙上,能赏雪,能摘榆线、揪槐花,秋天只有枯草,天边有余霞落日。现在跑到脚趾缝里,好像去无可去,只能和超市约会,却总有那么一丝不

真实,好像丢了什么东西,又像追赶什么东西,没来由的张皇与焦急。

这个小城,繁华时候布篷小摊肩担小贩比比皆是。糖麻花、蜜麻叶、豆花糕、煎素卷,鸡丁、崩肝、肥胁、肘花儿,光一个炸麻糖,就有"对拼"、"白片"、"盘算"、"有饧"、"荷包"、"二水"……当然现在见不着了,只有油条独风骚;还有豆腐脑的卤里面,金针、木耳、粉条、面筋,也没有了,俩大香油珠子也没有了;包烧卖用的荷叶也没有了,吃起来就没有和肉香、油香混在一起的荷叶清香——全城都没有水了,上高中的时候,我们还偷掐过人家的大荷叶呢,现在,是旱城了。

那些卖东西的人也没有了。"卖饼子,热乎饼子……"这里一声,那里一声,像鸡打鸣,弄得早晨更像早晨,古城更像古城;卖煎糕的,一副担子,一头是火炉\鳌子,一头是一只箱子,里面装着蒸好的糕,现煎现卖;卖包子的,吆喝的词儿即兴创作,像段小相声:"卖包子,大个儿的包子,吃俩就饱啦——再就俩卷子!"人们听了笑的,他不笑。

闲来冬雪登大悲阁,古城上下,一片茫茫。这地方,是要出高人,要出隐士的。如今灵脉隐了,这股气儿淡了,再想要收摄心神做高人,就难了。

一个看上去热闹喜兴,无忧无虑的小城市,却有着深重的历史和追忆。看上去每个人都喜欢它,可是它却有一座城市说不出来的悲凉。一直在得到,不管是不是自己想要;也一直在失去,却连伤心的权利都没有。这个小城受的都是内伤。

一场大雨叫我忧伤,想起一首歌这么唱:"我在这里欢笑,我在这里哭泣,我在这里活着也在这死去,我在这里祈祷,我在这里迷惘,我在这里寻找也在这失去……如果有一天我不得不离去,我希望人们把我埋在这里,在这我能感觉到我的存在,在这有太多让我眷恋的东西……"

和我想的一样。

紫藤花乱

读小说，汪曾祺的《鉴赏家》，一个果贩叶三，和一个画家季匋民交成莫逆。因叶三懂画。季匋民画了一幅紫藤，问叶三。叶三说：

"紫藤里有风。"

"唔！你怎么知道？"

"花是乱的。"

"对极了！"

季勾民提笔题了两句词：

"深院悄无人，风拂紫藤花乱。"

今到本地常山公园，也见紫藤花乱。

深秋天气，十一国庆，又逢八月节，公园里来来往往的人，倒不是深院，也不悄静，可是天阴，落几点微雨，又有一丝凉风，紫藤无花，叶是乱的。

这个公园就在上下班的必经之路上，一年四季，常来探访。

春天我来，细雨微花，流云深院。紫藤正花开得好，扭茎交缠。

夏天我来，一树树阴阴的绿，筛下斑斑的日影。别种的花次第盛放，花香如管弦繁响。

秋天我来，满地落叶，水岸边的莙荻正是茂盛。莙荻是一种奇怪的东西，越是它长得好，越是觉得人间荒凉。

冬天我来，贪的是落在它这园里的雪和冰。雪深埋径，不知道前方曾有何人行走，印下一行深深浅浅的脚印。步着这脚印走了去，居然可以绕这园子一圈，从幽径到曲桥，再由干枯的花廊到驻足欣赏枯萎的芦荻的枯黄。脚下即是青色的冰面。

一年四季，贪看它的春夏秋冬，贪看它的小园曲径，贪看它的芦荻，最贪看它的紫藤。

紫藤是一种缠绵的花，袅枝曲茎，花叶婉转。"紫藤挂云木，花蔓宜阳春。密叶隐歌鸟，香风留美人。""春山处处客思家，淡日村烟酒旆斜。胡蝶不知人事别，绕廧间弄紫藤花。"

胡兰成在日本游龙泽寺，进山门就望见殿前坡地上有梅花，便心里想："噢，你也在这里！"却不当即走近去，却先到殿院里吃过茶面，又把他处都游观了，然后才去梅花树下到得一到。

我对紫藤，也是这样。

本城的王家大院有一架紫藤，今年春带朋友去吃饭，霖雨漫天，打下无数花瓣，青砖地上铺了一层湿湿的花毯，脚踩在上面，不敢用力，怕踩破了落花的梦。

今日到园，仍是先到别处都观望一番，知道它就在那里，照旧在那里，最后才到它跟前一到。现时倒不觉它缠绵，亦不觉它婉转，只觉得它叶片开得盛，应了人间盛景。到处是人。有彩衣舞扇的舞蹈队在排练，也有游园的男女人客，来来往往，来来往往。园子里不复往昔荒凉景象。看得人心热，不觉秋日风凉。

人来人往理所应当，因它是公园，本就应供人歇脚，游玩，嬉戏，纳凉。此前有些过分荒凉，自从改建，面目一变。我愿意此后照旧在此闲步春夏秋冬，见大人谈天说地，娃娃捕蝶捉蛙。把清净还给心，把公园还给游人，把紫藤花还给风，世上福分，人事物心，各各自领。此后若许年，年年春天，游人与我，都能看紫藤花乱。